Bonner Nächte im Taxi

Christoph Triller

Impressum:

Deutsche Erstausgabe
Copyright © 2023 by Christoph Triller
August 2023
ISBN: 9789464858006
Verlagsportal: Bookmundo Direct
Gedruckt in Deutschland

Danksagung

Damit dieses Buch überhaupt jetzt so vor Ihnen liegt, liebe Leserin, lieber Leser, haben mir sehr viele liebe Menschen dabei geholfen dieses Buch in dieser Form fertig zu stellen.

Mein herzlicher und tiefer Dank geht an:

* Reiner Brotoefel
* Achim Westholt
* Jürgen Pullmoll †
* David Scharmacher
* Nicole Kayser
* Henry Vanhauer
* Maria Remer
* Tom Klein
* Marek Bilski
* André Müller
* Christian Kautz
* Karin Triller

Inhaltsverzeichnis

Vorwort

Laut meiner Geburtsurkunde heiße ich mit erstem Vornamen Christophorus. Christophorus, mein Namenspatron ist der Patron der Autofahrer, also auch der Taxifahrer. Für meine Taxifahrerkollegen war ich seit Anbeginn „Chris".

Als ich neun Jahre alt war, zogen meine Eltern mit mir nach Bonn. Und Bonn ist mir zur Heimat geworden. Noch heute höre ich nicht selten „Och, ne bönnsche Fahrer, eener der bönnsche Tön verstond".

Nach Abschluss der Schule durchlief ich die Lehre im Bauhandwerk und arbeitete nach der Gesellenprüfung einige Jahre als Maurer. Ein von mir selbst entworfenes und eigenhändig gemauertes „Bauwerk" ist noch heute im „Session" zu besichtigen: Eine Theke aus ziegelroten Klinkersteinen.

Ich beabsichtigte Bautechniker zu werden und wollte drei Monate als Taxifahrer überbrücken. Die für den Erwerb des Personenbeförderungsscheins notwendigen Nachweise wie eine zweijährige Fahrpraxis, ein polizeiliches Führungszeugnis sowie amtsärztliche Zeugnisse waren schnell beschafft. Die ebenfalls vorgeschriebene Ortskenntnisprüfung bestand ich mit Bravour. War ich doch in Bonn wirklich zuhause, hatte viel über Bonn gelesen und mich seit jeher für dessen Straßennamen interessiert.

Meinen ersten Unternehmer fand ich im Branchenbuch. Er suchte einen Nachtfahrer, was mir durchaus gelegen kam. So saß ich bald frohgemut, wenn auch ein wenig gespannt, in m e i n e r Taxe, einem Mercedes Diesel/8. Waren die Taxis damals nahezu standardisiert, schwarz und vorherrschend von einer Automarke, sind heute viele Fabrikate und Modelle im Einsatz, aber alle von elfenbeinerner Farbe. Meine ersten Fahrten als Taxifahrer verliefen zum Glück ganz unspektakulär. Und schon bald hatte ich das erste, wie mir schien, leicht verdiente, Geld in der Hand.

Der Nachtfahrer hat, was ich schnell lernte, in der Regel eine andere Kundschaft als der Tagfahrer. Er braucht Menschenkenntnis, Geduld, aber auch starke Nerven, er darf sich auch von schwierigen Kunden und in so manch delikater Situation nicht aus der Ruhe bringen lassen. „Taxifahren, das ist doch kein anständiger Beruf, kein Lehrberuf". Das habe ich mir nicht nur einmal anhören müssen. Dennoch, ehe sich die drei Monate ihrem Ende zuneigten, stand mein Entschluss fest: Ich werde Taxifahrer!

Was hat mich an der Stange, an der Lenkstange gehalten? Seit meiner frühen Jugend haben Kraftfahrzeuge eine große Anziehungskraft auf mich ausgeübt. Immer hatte ich viel Freude am Autofahren. Und doch war es wohl damals in erster Linie mein Freiheitsdrang. Dazu kam ein damals wirklich guter Verdienst und nicht zuletzt nette Kollegen. Von Anbeginn fühlte ich mich von ihnen akzeptiert, gehörte als „Chris" einfach dazu und erhielt von den erfahrenen Kollegen manch guten Rat.

Unter ihnen waren alle möglichen Lebensläufe vertreten. Viele hatten, wie ich schon in anderen Berufen gearbeitet. Tatsächlich gab es unter den Kollegen eine große Bandbreite, vom ehemaligen Zuhälter bis zum Akademiker, auch dem angehenden oder gescheitertem Akademiker. Letztere sind in der Politik heute eher anzutreffen, verdienen da ja auch besser.

Zu Beginn meiner Tätigkeit als Taxifahrer gab es nahezu nur deutsche Kollegen. Das änderte sich seit den 1980er Jahren mit der Folge der Bildung von gesonderten Gruppen gleicher Herkunft und damit eines geringeren Zusammenhalts unter den Fahrern. Heute sind vor allem in der Nacht deutsche Fahrer deutlich in der Minderzahl.

An manchen Taxiständen konnte man noch diese Blechkisten sehen. Wenn es klingelte, ging der zuvorderst stehende Fahrer an das im Taxi befindliche Telefon und nahm von der Zentrale einen Auftrag entgegen Zu meiner Zeit hatten die an den Taxiständen hängenden Blechkisten mit Telefon ausgedient, wir waren mit der Zentrale wie heute über Funk verbunden.

Dank eines treuen Kunden verfügte ich von uns Bonner Taxifahrern über das allererste Autotelefon. Damit war ich nicht nur über die Zentrale, sondern für jedermann direkt erreichbar. Auf diese Weise konnte ich schon früh einen festen Kundenstamm aufbauen, wofür ich von vielen Kollegen beneidet wurde.

Im Laufe der Zeit gab es noch manche Herausforderung für uns Bonner Taxifahrer zu bestehen.

Einschneidend war die Gemeindereform im Jahr 1969. Über hundert Straßen erhielten einen neuen Namen. Keine kleine Herausforderung, selbst für alte Hasen. Von einem „Navi" konnte man in jener Zeit nur träumen.

Noch einschneidender, ja geradezu bedrohlich, erschien der Umzug der Bundesregierung nach Berlin. Das Taxigewerbe verlor Politiker des Bundes und der Länder, Mitarbeiter der Ministerien, Angehörige der über 140 ausländischen Botschaften und vieler in Bonn ansässigen Verbände. Auch Staatsbesuche und große Demonstrationen entfielen als lukrative Ereignisse.

Heutzutage sind stattdessen Mitarbeiter der in Bonn tätigen Konzerne, der zahlreich neu angesiedelten Bundesbehörden und privaten Dienstleister sowie von Organisationen der Vereinten Nationen unsere Taxikunden.

In meinem Taxi haben unzählige Menschen gesessen. Männer und Frauen, Junge und Alte, Kranke und Gesunde, Arme und Reiche, Privilegierte und Gebeutelte, Fröhliche und Traurige, Schweiger und Quassler, Kluge und Dumme, Dreiste und Zurückhaltende, Quengler und Gelassene, auch allerlei Sonderlinge, Querköpfe, Spinner, Spitzbuben und Gauner und viele, viele mehr.

Ich bin mit allen zurechtgekommen, ja, musste mit allen zurechtkommen. Sie hatten das verdient, nicht nur, weil sie alle mir meinen Verdienst sicherten, mich bezahlten.

Man fährt einsam und allein durch die Nacht mit einem Fremden, und plötzlich entsteht eine Vertrautheit, wie sie sich mitunter unter Fremden ergibt, die für kurze Zeit vom Schicksal zusammengeführt worden sind. Das können wahre Glücksmomente sein.

Den Entschluss, Taxifahrer zu werden, habe ich in den gut fünfzig Jahren niemals bedauert. Geblieben ist vor allem die Freude im Umgang mit Menschen in all ihrer Verschiedenheit.

Davon sollen die Geschichten erzählen, die aufzuschreiben ich immer wieder gebeten worden bin

Liebe Leserinnen, liebe Leser, ein wichtiger Punkt für mich ist noch, dass Sie beim schmökern meiner Erlebnisse immer sich sicher sein können, dass alle diese Erzählungen auf wahren Begebenheiten beruhen.

Ein Deal

Anfangs der 1980er Jahre stand ich mit meinem Taxi auf dem Halteplatz Immenburg, der nachts gern angefahren wird, denn unweit davon befindet sich das Bonner Bordell. Ich war der dritte in der Reihe, als ein stark angetrunkener, etwa 50jähriger Mann das Freudenhaus verließ, zur ersten Taxe ging und dem Kollegen umständlich erklärte, dass er in die Eifel müsse, man ihm aber sein ganzes Geld abgenommen habe.

So würde er „da oben" die Fahrt begleichen. Ich hörte nur ein kurzes „Hau ab!". Vom zweiten Kollegen vernahm der gute Mann schon ein „Verschwinde", bevor er seine Leidensgeschichte aus dem Freudenhaus erzählen konnte.

Jetzt war ich an der Reihe. Er fragte, ob ich bereit sei, ihn nach Hause zu fahren und fügte hinzu, er habe „da oben" ein Gasthaus, seine Frau, die Wirtin, werde die Rechnung begleichen.

Als erfahrener Fahrer hält man sich an den Grundsatz: Wenn einer schon vor Fahrtantritt sagt: „Ich habe kein Geld, kann Dich erst zu Hause bezahlen", dann bekommt man sein Geld, naja, wenigstens zu 99 Prozent.

Doch wenn man erst bei Zielankunft hört: Ich habe kein Geld bei mir, werde es aber holen, ist höchste Vorsicht geboten. Dann ist es mindestens tunlich zu fordern: „Ich komme mit!"

Also sagte ich zu dem Eifler: „Steig ein!". Die Fahrt ging in ein weit in der Eifel gelegenes kleines Dorf hinter dem Nürburgring. Als wir dort vor dem besagten Gasthaus hielten zeigte das Tachometer etwa 140 D-Mark an.

Bevor wir ausstiegen, fragte mich mein Fahrgast zu meiner Verwunderung: „Was kostet eine Fahrt von Düsseldorf bis hierhin?" Ich antwortete: „Na, so etwa 100 D-Mark mehr". Daraufhin bat er mich, ich solle seiner Frau sagen, wir kämen aus Düsseldorf und bemerkte treuherzig: „Dann habe ich auch morgen etwas Geld".

Als wir das Gasthaus betraten, war seine Frau, die hinter dem Tresen stand und offensichtlich zu später Stunde auf ihn wartete, anscheinend doch froh, ihn in Empfang nehmen zu können, trotz ihres barschen „Wo kommst Du denn wieder her?".

Ihr Mann ließ eine kleine Schimpfkanonade schweigend über sich ergehen. Zu mir war sie sehr freundlich, schenkte mir sogar eine Cola ein und fragte, woher wir kämen. „Aus Düsseldorf".

Die 240 D-Mark erhielt ich von ihr anstandslos und gab davon natürlich diskret 100 D-Mark an den bauernschlauen Kerl weiter.

Zwei waren gewiss zufrieden: ein Taxifahrer und ein untreuer Ehemann. Vielleicht war es sogar auch dessen Frau. Ich wünschte ihr nur, dass sie ihren Mann nicht öfters und womöglich aus noch „teureren Orten" in Empfang nehmen muss.

Stadtrundfahrt

In meiner langen „Taxi-Laufbahn" hatte ich nur vier Mal das Vergnügen, für eine Stadtrundfahrt angeheuert zu werden. Einmal äußerten zwei ältere Damen diesen Wunsch, ein anderes Mal ein Geschäftsmann aus Bremen, der warum auch immer, unbedingt auch die russische Botschaft sehen wollte, was mir natürlich sehr recht war, lag sie doch ein Stück außerhalb der Stadt, nämlich in Rolandseck.

Nach der Rundfahrt lud er mich zum Essen ein. Er überließ mir die Wahl und so fuhren wir zum „Gequetschten", ein typisch rheinisches Lokal. Beim dritten Mal war es eine spanische Familie, deren Tochter in Bonn studierte und die Rolle als Dolmetscherin einnahm.

Doch am liebsten erinnere ich mich an einen Amerikaner aus Nebraska, mit dem ich stundenlang unterwegs war. Er bestellte mich zum Schlossparkhotel, brachte reichlich Zeit mit und vertraute sich ganz meiner Führung an. Ich zeigte ihm fast alle Sehenswürdigkeiten Bonns und das sind, wie man weiß, nicht wenige. Zuerst ging's hinauf zum Kreuzberg, damit er „von oben" schon einmal einen Vorgeschmack von dem erhielt, was ihn erwartete.

Nun bin ich kein professioneller Cicerone, aber ich kenne und liebe meine Stadt und konnte ihm vieles erzählen. Seine Begeisterung steigerte sich während dieser Sightseeing-Tour immer mehr und immer mehr wollte er sehen, möglichst alles ohne auszusteigen. Ich war mit meinem Latein schon fast am Ende, da kam mir der Gedanke, noch einen Abstecher zum Drachenfels zu machen. Ich parkte unterhalb des Bergs, wir fuhren mit der Zahnradbahn, welch ein Entzücken, hinauf und nach einem recht kurzen Rundblick wieder hinunter. Als wir wieder vor der Taxe standen, sagte er zu meiner großen Verwunderung mit in meinen Ohren typischem amerikanischen Akzent: „Und jetzt, bitteschön, möchte ich gerne sehen Zonengrenze. Zonengrenze". Ach, diese Amerikaner! Sie stellen sich in Europa vieles gern ganz nahe vor. Oder lag es doch an einer

Verwechslung der bekannteren alten Hauptstadt Berlin mit dem idyllischen Provisorium Bonn? Als ich ihm erklärte, dass bis zur Zonengrenze noch drei bis vier Stunden Fahrt vor uns lägen, nahm er doch Abstand von diesem Trip.

Um mit Ringelnatz[1] zu sprechen: obwohl uns die Beine nicht wehtaten, verzichteten wir weise auf den letzten Teil der Reise. Beide mit ein wenig Bedauern.

---

[1] „Zwei Ameisen wollten nach Australien reisen.
  Bei Altona auf der Chaussee taten ihnen die Beine weh.
  Da verzichteten sie weise auf den letzten Teil der Reise".

4,4 Promille

Wie für viele andere Gewerbe ist es auch für den Taxifahrer von Vorteil, einen festen Kundenstamm zu haben. Auf die Stammkunden kann er zählen, was sich bezahlt macht. Er ist gut beraten, diese Stammkundschaft besonders zu pflegen, ihren Wünschen möglichst entgegenzukommen, ja - sie sogar ein wenig zu bevorzugen.

Zu meinen Stammkunden gehörte Swetlana P., eine junge Russin, die in einem Bonner Club arbeitete. Längere Zeit holte ich sie abends zuhause in Köln ab und brachte sie frühmorgens wieder heim. Das war für sie bequem, für mich lohnend. Aus Kostengründen wechselte sie dann bei der Hinfahrt vom Taxi auf den Zug, ließ sich von mir aber vom Bonner Bahnhof zu ihrer nicht weit entfernten Arbeitsstätte fahren. Wenn ich besetzt war, verwies ich sie jedoch öfter an einen Kollegen. Die Heimfahrt machte sie jedoch stets mit mir.

Eines Tages rief sie gegen vier Uhr morgens an und sagte mit überaus kläglicher Stimme: „Kannst Du mich abholen? Ich bin im Krankenhaus". „In welchem?", fragte ich erschrocken. Darauf hörte ich nur: „Weiß ich nicht". Dann wurde aufgelegt. Ich war ratlos. Doch einige Minuten später kam ein zweiter Anruf. Eine Krankenschwester aus dem Krankenhaus Maria Stern in Remagen teilte mit, Frau P. wolle heimgebracht werden. „Ich komme, so schnell ich kann", sagte ich und fuhr los. Unterwegs erreichte mich ein erneuter Anruf der Schwester: „Bitte geben Sie bei Ankunft Bescheid.

Die zuständige Ärztin muss dringend mit Ihnen sprechen".

Ich meldete mich also an der Pforte, die Ärztin kam und wollte wissen, ob ich der Ehemann oder ein Verwandter von Frau P. sei. Ich verneinte: „Ich bin Taxifahrer, soll sie lediglich heimbringen".

Darauf sagte die Ärztin kategorisch: „Dann darf ich die Dame nicht entlassen!" Erklärend fügte sie hinzu: „Es besteht absolute Lebensgefahr. Die Dame hatte 4,4, Promille". Mehr dürfe sie mir nicht sagen. So fuhr ich unverrichteter Dinge wieder nach Bonn.

Am nächsten Tag erkundigte ich mich im besagten Club nach Swetlana. Man konnte mir keinerlei Auskunft geben. Es ließ mir jedoch keine Ruhe. So fuhr ich am folgenden Tag gleich wieder in den Club und traf sie zu meiner Erleichterung dort tatsächlich an. Es tat ihr sichtlich wohl, dass ich um sie besorgt gewesen war. Über ihren Aufenthalt in der Remagener Klinik verlor sie kein Wort. Ich hatte mich vergewissert, dass sie ihren nicht ungefährlichen, fragwürdigen „Ausflug" heil überstanden hatte und stellte keine Fragen.

Auf der Heimfahrt nach Köln war sie ungewohnt wortkarg, bestand nur darauf, die Fahrt, die sie nicht wahrnehmen konnte, zu bezahlen. „Sag mal, wie bist Du eigentlich nach Remagen gekommen", erkundigte ich mich nun doch. „Darauf kann ich Dir keine Antwort geben", antwortete sie. Kurz darauf ließ sie mich an einer Tankstelle halten. Und was kaufte sie? Eine Flasche Wodka.

Vom Kreisssaal zum Verkehrsgericht

Es mag gegen 23 Uhr gewesen sein. Auf der sonst sehr stark befahrenen Straße „Am Hauptbahnhof" waren nur vereinzelt Autos unterwegs. Paul, der mit der Vier Acht von der Südunterführung kam, sah, dass sich einige Kollegen, darunter ich, vor dem Bonner Hauptbahnhof unterhielten. Er hielt bei dem Grüppchen wurde herzlich begrüßt und nahm vom geöffneten Fenster seiner Taxe an der Unterhaltung teil. Just in diesem Moment kam ein Polizeiwagen die Gangolfstraße entlang, die in die „Straße am Hauptbahnhof" mündete. Es war kein normaler Polizeiwagen, sondern ein Kastenwagen, ein Ford Transit, mit vier sehr jungen Polizisten besetzt. Ich dachte: „Gewiss sind die vom Objektschutz". Denn damals gegen Ende der 1970er Jahre sah man nachts viele solcher Wagen durch die Straßen fahren oder vor den Objekten stehen, die sie beschützen sollten, z.B. Regierungsgebäude und Botschaften.

Der Polizeiwagen hielt zu unserer Verwunderung an. Ein Polizist stieg aus, ging zu Paul und sagte: „Sie sind eben bei Rot über die Ampel gefahren". Paul bestritt dies. Doch die Polizisten ließen sich nicht darauf ein, und sagten, eine Anzeige werde erfolgen.

Es war am 2. April 1980[2] als wir vier zum Verkehrsgericht geladenen Zeugen uns mit anderen Kollegen beim Frühstück bei Tondorf trafen und nochmals den Sachverhalt überdachten. Unser Kollege Egon sagte: „Gegen vier Polizisten brauchen wir fünf Zeugen. Ich bin Nummer fünf".

Am Verkehrsgericht auf der Kölnstraße trafen wir Paul mit seinem Anwalt, einem ehemaligen Taxifahrerkollegen. Vor dem Verhandlungsraum lasen wir, dass die Verfahren jeweils eine halbe Stunde in Anspruch nehmen würden, worüber wir uns freuten. Weniger freuten wir uns, den Namen einer Richterin zu lesen, die uns als sehr „scharf" bekannt war (LEPRA). Sie rief zunächst Paul auf.

---

[2] Am 2. April 1980 erblickte Marcel deNijs das Licht der Welt.

Nach Feststellung der persönlichen Daten, fragte sie ihn: „Was verdienen Sie?" Er antwortete: „Dat weess isch nit, mal vill, mal wenisch". Sie nannte die Summe 3.000 D-Mark, worauf er sagte „Nä, dat is ze vill". Es dauerte eine geraume Zeit, bis die beiden sich über einen Monatslohn verständigt hatten. Die Richterin fragte nun und ihre Stimme hatte an Schärfe gewonnen: „Haben sie Kinder?" Paul mit dem Kopf nickend antwortete: „Ja" „Wie viel?" „Eens, änä, zwei", erwiderte Paul.

Die Richterin schrie nun Paul an: „Erst wissen Sie nicht, was Sie verdienen, jetzt wissen sie nicht einmal wie viel Kinder Sie haben. Ich lasse mich doch von Ihnen nicht für dumm verkaufen".

Paul sagte: „Entschuldigen Sie, Frau Richterin, minge zweete is hück morje zo Welt jekumme. Isch komm grad us dem Krankehuus".

Alle lachten, wir, die fünf Zeugen, die Polizisten, Paul und sein Anwalt, die anwesenden Kollegen und auch die Richterin, alle. Und plötzlich schlug die Stimmung um.

Jetzt wurden die Polizisten verhört. Alle vier beteuerten, sie hätten gesehen, dass Paul mit seinem Taxi die Ampel bei Rot überfahren hätte. „Sie können die Ampel von der Seitenstraße, von der Sie gekommen sind, doch gar nicht richtig einsehen", meinte die Richterin. Einer der Polizisten erwiderte: Nachts kann man im Ampelschirm sehr gut erkennen, welche Farbe die Ampel anzeigt. Die Richterin schrie: „Sie wollen mir doch nicht erzählen, dass Sie alle vier gleichzeitig auf den Ampelschirm geschaut haben".

Nun waren wir vier Zeugen an der Reihe. Zuerst wurde Harald, wir nannten ihn King, in den Zeugenstand gerufen: King: „Wir haben uns schon eine Weile mit dem Kollegen unterhalten, als der Polizeiwagen kam. Die haben bestimmt eine andere Taxe gesehen".

Nun war ich an der Reihe, ging nach vorne zum Richtertisch und hörte zuerst: „Herr Triller, Sie sind hier vor Gericht, nehmen Sie bitte die Hände aus der Tasche" und dann: „Also, wie viel Minuten hat denn Ihr Kollege bei Ihnen gestanden?" Ich antwortete: „Etwa fünf Minuten, mindestens drei".

Die beiden anderen Kollegen äußerten sich in ähnlicher Weise. Nach wiederholtem Befragen „einigten" wir uns auf drei Minuten.

Der Anwalt erklärte, dass es noch einen weiteren Zeugen gäbe. So wurde nun Egon in den Zeugenstand gerufen und gab von sich: „Isch glöw als minge Kollesch am Bahnhof sich mit uns ungerhaale hätt, hätt der Polizeiwage noch im Präsidium in de Garasch jestande".

Nach dieser Aussage schlug die Frau Richterin das vor ihr liegende Buch zusammen und schrie: „Hier wird gelogen, dass sich die Balken biegen!"

Es war fast elf Uhr geworden. Das Verfahren wurde um eine Woche vertagt, weil die Länge der Ampelphasen überprüft werden mussten.

In der Schlusssitzung wurde Paul freigesprochen.

Dieser Freispruch war für Paul ungeheuer wichtig. Denn: „Eine rote Ampel" kostete damals 100 D-Mark. Darum ging es nicht, sondern um die Punkte in Flensburg, die für Taxifahrer tödlich sind. Bei einer gewissen Anzahl von Punkten bekommt man den „Personenbeförderungsschein" gar nicht oder für eine gewisse Zeit nicht verlängert.

Der Schlüssel im Puff

Dieses unschöne Erlebnis liegt nun auch schon mehrere Jahrzehnte zurück. Möglicherweise hätte ich es längst verdrängt, wenn es nicht solch ein überraschendes, ja verblüffendes Nachspiel gefunden hätte.

Zu vorgerückter Stunde wurde ich in eine Kaschemme in der Altstadt gerufen, um jemanden heimzubringen. Eine ältere, etwas gewöhnlich ausschauende Frau kroch auf den Beifahrersitz. „Fahr mich zur Thuarstraße, Schatz". Aha, Thuarstraße heute eine gute Adresse, aber damals wenigstens teilweise eher ein sozialer Brennpunkt. Bei Fahrten in Gegenden von zweifelhaftem Ruf hatte ich schon einige wenige schöne Erfahrungen gemacht, hatte vor mancher verschlossenen Tür vergeblich auf meinen Lohn warten müssen. Als ich nun hörte: „Ich habe kein Geld dabei, ich hole es sofort", zog ich es daher vor, die Dame zu begleiten.

Oben in der Wohnung ließ sie mich in der Küche warten, lief selbst von einem Zimmer ins andere. Schließlich kam sie tatsächlich mit einem 10-Markschein zurück, den sie mir in die Hand drückte. Na prima. Zufrieden wandte ich mich zum Gehen, sie folgte mir.

Da musste ich feststellen, dass die Haustür verschlossen war. Was nun? Auf mein Scharfes: „Schließen Sie sofort die Tür auf!", flötete sie nur: „Du bleibst heute Nacht hier". Zugleich spürte ich, dass sie nach mir auf unsittliche Weise grabschte. Ich gebe zu, dass ich mich sehr hilflos fühlte. Was sollte, was konnte ich tun? Aus dem Fenster springen? Zu hoch. Die Tür gewaltsam öffnen? Sie mit Gewalt zwingen, mir den Schlüssel auszuhändigen? Zu heikel.

Ich saß in der Falle. Als ich mich umdrehte, fiel mein Blick ins Badezimmer geradewegs auf einen Wäschepuff. Und darin lag, ich glaubte meinen Augen nicht zu trauen ein von der Wäsche halb verdeckter Schlüsselbund. Im Nu hatte ich ihn in der Hand. Mit der anderen die an mir zerrende Frau abwehrend, gelang es mir endlich, den passenden Schlüssel zu finden. Ich entfloh wie einst Joseph der Frau des Potiphar[3].

Die Geschichte hatte ein Nachspiel: Kaum am Bertha-von-Suttner-Platz angekommen, meldete sich die Zentrale: „Vier Drei bitte dringend anrufen!" Ich ging zur nächsten Telefonzelle. „Du hattest eine Fahrt in die Thuarstraße. Bist Du mit in die Wohnung gegangen?" Das bestätigte ich. „Gegen Dich ist bei der Polizei eine Anzeige eingegangen, Du sollst der Frau tausend D-Mark gestohlen haben". Ich fiel aus allen Wolken. So eine Frechheit. „Na, das werde ich gleich richtig stellen", sagte ich wütend. „Nicht nötig", die Polizei meinte: „Man kann sich beim besten Willen nicht vorstellen, dass in der Thuarstraße jemand irgendwo einen 1.000-D-Mark-Schein in der Wohnung ´rumliegen hat".

Der unvermutete Rachefeldzug der „Potiphar" lief ins Leere. Ich aber ließ mir dies Erlebnis zur Lehre dienen.

---

[3] Potiphar Die Frau eines ägyptischen Beamten, die Joseph zu verführen suchte, der sich ihr durch Flucht entzog. (Altes Testament, 1. Mos. 39)

Badelatschen

Im dem auf dem Bonner Talweg einst gelegenen „Club 111" verkehrten weder Krethi und Plethi noch Hinz und Kunz, die sich einen Besuch dort kaum leisten konnten, sondern eine „Elite". Die feineren Herrschaften ließen es sich hier wohl ergehen und natürlich auch viel Geld zurück.

Wenn die im Club beschäftigten Damen oder einer der Gäste ein Taxi benötigten, rief man mich. Ich hatte sozusagen dort das recht profitable Beförderungsmonopol. Hin und wieder war ich auch durch allerhand kleinere Hausmeisterdienste behilflich, wobei die Entlohnung stets großzügig ausfiel.

Wenn ich heute an dem Gebäude vorbeifahre, kommt mir vor allem eine Begebenheit in den Sinn:

Zu später Stunde sollte ich einen Besucher des Clubs in sein Hotel bringen. Ich erkannte ihn sofort, nicht nur, weil ich ihn verschiedentlich gefahren hatte. Er war nicht nur mir, sondern allgemein bekannt, man kann auch sagen prominent. Das Bild dieses Managers eines bedeutenden Unternehmens war seiner Zeit auch in den Medien sehr präsent.

So wie er jetzt vor mir stand, hatte ich ihn allerdings nie gesehen. Schon sein Äußeres entsprach nicht dem Erscheinungsbild eines Wirtschaftsmagnaten: Dezenter maßgeschneiderter Anzug, Hemd und Krawatte vom Feinsten, gut! aber dazu an den Füssen blauweiße Plastik-Badelatschen? Das sah wirklich ziemlich lächerlich aus. Ich musste mich beherrschen, über diese absonderliche Kombination nicht laut loszulachen, denn seine ganze Haltung zeigte an, dass ihm so gar nicht zum Lachen zumute war. Er wirkte sogar sichtlich verstört. Also ließ ich es bei einem Gruß bewenden und wartete erst einmal ab.

„Wann öffnen morgen die Schuhgeschäfte? Meine Schuhe sind weg", sagte er mit zerquälter Miene. „Welch eine Tragödie!", dachte ich und beantwortete seine Frage: „Nicht vor neun Uhr".

Auf der Fahrt zum Hotel „Dorint" hatte er nur ein Thema: seine verschwundenen Schuhe. „Ausgerechnet heute habe ich nur ein Paar bei mir und gleich morgens um 8 Uhr habe ich eine sehr wichtige Sitzung. Ich kann doch nicht mit Badesandalen... Was soll ich nur machen?", jammerte er. „Ich habe sie doch eingeschlossen. Sie können doch nicht weg sein!" Und so lamentierte er weiter, in Endlosschleife.

Mir war nicht klar, ob er zu mir sprach oder lediglich seiner Verzweiflung im Selbstgespräch Ausdruck verlieh. Von mir schien er weder eine Antwort und sowieso keine Hilfe zu erwarten. So hörte ich ihm einfach geduldig zu. Langsam dämmerte es mir, warum er so fassungslos, so verzweifelt war. Dabei hatte doch er selbst seine sicher eleganten Schuhe gegen diese Badelatschen ausgetauscht. Die Dinger kannte ich, denn wer sich für die Sauna oder anderes entkleidete, erhielt einen weißen Bademantel und für die Füße eben diese Plastik-Latschen.

Für ihre eigenen Sachen standen den Gästen abschließbare Spinde zur Verfügung. Manche der Gäste stellten ihre Schuhe nicht in den Spind sondern stellten sie darunter. Wer konnte denn wissen, dass in diesem Etablissement ein Witzbold verkehrte, der sich einen Spaß daraus machte, Schuhe, derer er habhaft werden konnte, über die Gartenmauer zu werfen? Dieses streng gehütete Geheimnis, das mir vor längerer Zeit unter dem Siegel der Verschwiegenheit jemand ausgeplaudert hatte, fiel mir wieder ein, als ich die Jammer-Orgie über die verschwundenen Schuhe über mich ergehen ließ. Auf meine damalige Frage, warum man dem Witzbold kein Hausverbot erteile, hieß es: „Aber der gehört doch zu den spendabelsten Gästen. Betuchte Prominenz hat Privilegien!"

Ich kombinierte und reimte mir nun einiges zusammen und kam zu dem Schluss: Dem Mann kann geholfen werden! „Und für mich", dachte ich bei mir, „dürfte auch ein Gewinn dabei herausspringen".

Ich beschloss, ihn ruhig noch ein bisschen zappeln zu lassen. Zugegeben etwas Schadenfreude hatte ich auch verspürt, vielleicht sogar ein wenig Genugtuung. Ihn, der sonst so souverän auftrat, so selbstsicher, mitunter selbstgefällig, ihn, der gewohnt war, dass sich alles um ihn drehte, nun auf einmal so ratlos, so kläglich zu erleben, gab mir das Gefühl einer gewissen Überlegenheit.

Jetzt beherrschte ich die Situation, und das kostete ich aus.

Ich verabschiedete mich von ihm mit den Worten: „Bleiben Sie ruhig. Ich werde mich darum kümmern. Ich hoffe, Ihnen die Schuhe wieder besorgen zu können". Und umgehend ging's zurück zum Club.

Mit der Taschenlampe, die ich im Taxi stets bei mir habe, ging ich in den Garten, in dem sich zu dieser Zeit keiner mehr aufhielt, und kletterte über die Mauer, die ihn vom benachbarten Grundstück trennte. Hier begann ich zwischen Büschen und anderen Gewächsen meine Schuhsuche. Nicht lange und aha! im Lichtkegel der Lampe sah ich den rechten Schuh. Wo war der linke? Nicht zu finden. Nach einer Dreiviertelstunde gab ich auf und kletterte über die Mauer zurück. Pech! „Was soll ich mit einem?" Voller Wut wollte ich ihn über die Mauer werfen. Da fiel mein Blick auf das Saunahäuschen. Ich holte eine Leiter, stieg hinauf auf das Dach und siehe da! da lag er, der linke Schuh.

Es war schon nach 5 Uhr morgens, als ich den Nachtportier im Hotel „Dorint" bat, Herrn T. zu rufen. „Der ist sehr nervös und stell Dir vor in Badeschuhen zurückgekehrt", verriet er mir.

Da kam er, mein feiner Fahrgast, auch schon die Treppe herunter. Zum bunten Seidenmorgenmantel trug er nein, keine Plastikbadeschuhe sondern edle Pantoffel. Ich hielt ihm wortlos seine Schuhe hin. Da fiel er mir doch tatsächlich regelrecht um den Hals, so erleichtert war er.

Außerdem bekam ich 200 Euro „Finderlohn".

Ich traf ihn später noch etliche Male. Dann hörte ich stets: „Du bist der Taxifahrer, der mich gerettet hat".

Und wenn ich ihn nicht „gerettet" hätte? Jedenfalls habe ich ihn mir immer mit Badeschlappen vorgestellt, wenn ich ihn im Fernsehen sah.

Promis

Nicht ganz selten werde ich gefragt, ob auch schon einmal Berühmtheiten in meiner Taxe gesessen haben. Im Laufe meiner Jahrzehnte währenden Tätigkeit als Taxifahrer habe ich natürlich so manchen Prominenten gefahren: etliche Politiker, darunter zwei ehemalige Kanzler, Kurt Georg Kiesinger und Willy Brandt; Schauspieler, Sänger und Sportler. Aber was soll ich von denen erzählen.

Udo Lindenberg gab sich eben lässig wie Udo Lindenberg: „Hey Typ, kannste mich fahren?" Christine Kaufmann gab kein Trinkgeld, Ingrid Steeger ließ tief blicken und Udo Jürgens widmete sich seiner attraktiven Begleitung. Mit Uwe Seeler, den ich zur Sportschule in Hennef fuhr, habe ich mich gern unterhalten. Dass ich mich sogleich als Eintracht-Frankfurt-Fan zu erkennen gab, tat unserem freundschaftlichen Expertengespräch keinen Abbruch.

Einmal saß einer auf dem Rücksitz in der Mitte eingeklemmt, hatte kaum Platz für seine Beine, die Knie fast vor dem Kopf. Ihn habe ich zuerst an seiner Stimme erkannt, dann am Lockenkopf im Rückspiegel: Thomas Gottschalk. Er unterhielt sich angeregt mit seinen Begleitern, so dass sich für ein Gespräch keine Gelegenheit bot.

Gregor Gysi habe ich öfters gefahren, mit ihm bin ich stets sofort über Dies und Das ins Gespräch gekommen, jedoch niemals über Politik.

Lamborghini

Wir Taxifahrer sprechen von „Überführungen", wenn der Besitzer eines Wagens diesen nicht selbst chauffieren möchte, sondern dafür zwei von uns anheuert. Der zweite Taxifahrer fährt mit seinem Taxi bis zum Zielort hinterher. Weil der dreifache Fahrpreis zu bezahlen ist, den wir uns meist teilten, habe ich Überführungen stets gern übernommen.

„Die Nacht fängt ja gut an", freute ich mich. Gerade erst hatte ich meinen Dienst begonnen, da vermittelte die Zentrale mir und einem älteren Kollegen eine Überführung nach Neuss. Wir machten aus, den dreifachen Fahrpreis gerecht zu teilen und fuhren zur angegebenen Adresse. Mein Herz schlug vor Freude noch etwas höher, als ich mit großen Augen sah, welches Auto überführt werden sollte: ein Lamborghini Espada!

Offensichtlich bekam mein Kollege auch Herzklopfen: „Chris" sagte er erschrocken, „den Wagen fahre ich nicht!" Das war Musik in meinen Ohren. „Für mich kein Problem", beruhigte ich ihn und dachte zugleich: „Nicht nur kein Problem, sondern eine Riesenfreude".

Der Besitzer der Nobelkarosse, ein leutseliger Mittfünfziger, schlank, sportlich, sportlich auch die Kleidung, verabschiedete sich von seinem Geschäftspartner und kam mit federnden Schritten auf uns zu. Er stellte sich mit Namen vor, begrüßte uns beide mit Handschlag und sagte: „Sie haben sich geeinigt, wer welchen Wagen fährt? Gut, dann kann es ja losgehen". Mein Kollege ruft mir noch zu: „Bitte nicht zu schnell, ich möchte Dich nicht aus den Augen verlieren", und steigt in sein Taxi. „Versprochen!" Wir nehmen im Traumauto Platz. Nachdem er seine Aktenkoffer im hinteren Teil des Wagens verstaut hatte, wandte er sich an mich: „Sind Sie schon mal mit einem Lamborghini gefahren?" Ich verneinte, erklärte aber großsprecherisch, ich sei bereits mit einem Porsche nachts mit 260 Km/h auf der Köln-Bonner Autobahn gefahren. Ich merkte, er hatte seine Freude an meiner Freude und Begeisterung für schnelle Wagen, konnte sich aber nicht verkneifen, mir eine kleine mündliche „Gebrauchsanweisung" zu geben.

Endlich hörte ich: „Gut, dann kann's ja losgehen". Ich gab Gas. Ein tolles Gefühl! Bevor wir auf die Autobahn kamen, erfuhr ich, dass er Möbelfabrikant war und sich in Bonn mit Geschäftspartnern getroffen hatte. Die guten Abschlüsse wurden sodann reichlich begossen. Deswegen zog er es vor, sich nicht ans Steuer zu setzen. Während ich ihm zuhörte, vergewisserte ich mich ab und zu, ob mein Kollege hinter mir war.

Auf der Autobahn forderte mich mein selbsternannter „Fahrlehrer" mehrfach auf: „Sie können ruhig mal etwas Gas geben!" Aufs Gas drücken, ach, wie gern hätte ich es getan! Tat es auch hin und wieder, wenn mein Nebenmann mich dazu anfeuerte, verlor dann aber prompt meinen Hintermann. Der Ärmste saß ja in seinem Mercedes 200/8 Diesel, von dem wir Taxifahrer spotteten: „Der zieht keine Wurst vom Teller".

Wie sollte, wie konnte ich es beiden recht machen? Ich selbst war im Zwiespalt. Einerseits verspürte ich hinter dem Steuer des Lamborghini den mächtigen Drang, meine Fahrkünste zu erproben, andererseits fühlte ich mich an das Versprechen gebunden, dass ich meinem Kollegen gegeben hatte. Es gelang mir tatsächlich, mich zu beherrschen. Trotzdem habe ich die Fahrt sehr genossen.

Viel zu schnell waren wir in Neuss angekommen. Die kleine aber feine, fast herrschaftliche Stadtvilla, vor der wir schließlich hielten, gefiel mir über die Maßen. So folgte ich gern der Einladung des Herrn Fabrikanten, zum Abrechnen hereinzukommen. Er führte uns in einen frisch renovierten, ganz modern eingerichteten großen Raum, in dem eine große Bar ein besonderer Blickfang war. „Was darf ich Ihnen anbieten?" Wir lehnten lachend ab: „Keinen Alkohol, bitte. Wir müssen ja noch fahren". „Schade", erwiderte er, goss sich selbst etwas ein und bemerkte: „Schottischer Whiskey. 20 Jahre alt". Mein Kollege trank sein Glas Cola aus und drängte zum Aufbruch. „Ach was", hörte ich von unserem Gastgeber. Er bot uns an, einen schönen späten Abend mit ihm zu verbringen, er werde auch etwas zu essen bestellen.

„Und dann, dann werde ich Ihr Taxi samt Ihnen von Neusser Taxifahrern nach Bonn überführen lassen". Ich hatte große Lust, auf dieses verlockende Angebot einzugehen, merkte aber, dass mein älterer Kolleg dem Vorschlag nichts abgewinnen konnte und lehnte meinerseits ab.

Ich darf nicht vergessen zu erwähnen, dass sich unser Neusser Gastgeber beim Bezahlen der Überführung mehr als großzügig erwies. Aha, noch etwas: Leider habe ich seitdem nie wieder in einem Lamborghini gesessen.

Postskriptum:
Wollten schon früher manche Kollegen keinen fremden Wagen fahren, vermittelt die Zentrale heute keine Überführungen mehr aus versicherungsrechtlichen Gründen.

Schlichtung eines Nachbarschaftsstreites oder durch die Blume

Mit Kunden, die man öfter in der Taxe hat, ergeben sich nicht selten auch privatere Gespräche. Da lädt manch einer seinen Frust und Ärger ab, der ein oder andere erzählt von seinem Kummer oder seinen Sorgen, von Leid und Freud. Und gar nicht so selten werde ich in der einen oder anderen Sache auch um Rat gefragt.

Eines Tages auf einer Heimfahrt in einem noblen Ort in der Nähe Bonns äußerte ich zu Herrn L.: „Da möchte ich auch gerne wohnen". Mein Fahrgast seufzte „Ja, aber die Freude kann arg getrübt werden, wenn Du einen bösen Nachbarn hast".

Er erzählte mir von einem heftigen Nachbarschaftsstreit. Er konnte es schon nicht mehr mit ansehen, wie seine Frau darunter leidet, die sich die übelsten vulgäre Beschimpfungen anhören musste, wenn kein Zeuge in der Nähe war. „Dem Herrn müsste mal einer deutlich Bescheid sagen", meinte ich. „Haben Sie denn eine Idee, wie und vor allem wer das tun könnte? Ich würde mir das gern auch etwas kosten lassen. Tausend D-Mark wäre mir die Sache wert" Nach kurzem Überlegen bot ich mich an, den Vermittler zu spielen. Wir kamen überein, dass bei dem Unternehmen von jeglicher Gewaltanwendung abgesehen werden müsste und auch verbale Attacken zu vermeiden wären.

Durch meine jahrelange Tätigkeit als Nachtfahrer hatte ich auch Beziehung zum „Milieu", und einige Leute aus diesem gehörten auch zu meiner Kundschaft. Darunter gab´s manchen, dem ich zutraute, kurzen Prozess zu machen. Aber für diese heikle Mission wurden letztlich weniger kräftige Fäuste als Fingerspitzengefühl verlangt. Da kam nur einer in Frage: S., ein Mann, dessen äußere Erscheinung Achtung einflößen konnte: imposante Statur, durchtrainierter Kraftsportler. Wenn sicher auch zu einem guten Teil seiner Körperkraft geschuldet: sein Wort hatte Geltung. Er wurde allgemein als Respektperson angesehen, auch ohne handgreiflich zu werden.

Am frühen Abend einer der kommenden Tage fuhr ich also mit S. vor das Haus des bösen Nachbarn. Ich blieb in der Taxe sitzen und verfolgte dennoch etwas beklommen, was nun geschah.

S. klingelte am Gartentor, die Tür ging auf und im Türrahmen erschien der Nachbar, auch er kein Leichtgewicht sondern von imponierender Gestalt, ein Fleischpaket. Mit weit ausholenden Schritten ging S. auf ihn zu. Allerdings benutzte er dabei nicht den geplatteten Weg, sondern stapfte einmal links, einmal rechts durch die gepflegten Blumenrabatten des Vorgartens. Dann standen sich die beiden gegenüber und maßen sich mit Blicken. Wenige wortlose Augenblicke und nachdem sich S. sehr höflich namentlich vorgestellt hatte, hörte ich sehr ruhig, doch jedes Wort betont: „Ich bin ein Freund von Ihrem Nachbarn. Wir wollen doch alle Freunde sein, nicht wahr?" Und schon trat er wiederum links und rechts durch die Rabatten stapfend den Rückzug an. Dem Nachbar hatte es offensichtlich die Sprache verschlagen. Sein gestammeltes, von einem Nicken begleitetes „Ja" war kaum vernehmbar.

Als S. sichtlich zufrieden mit vergnügtem Feixen zu mir ins Taxi stieg, überreichte ich ihm feierlich den Umschlag mit seinem Lohn. Ein guter Stundenlohn, denn der ganze Auftritt hatte kaum länger als drei Minuten gedauert.

Als ich wenige Tage später Herrn L. traf, der von der Denkzettel-Aktion selbst nichts mitbekommen hatte, fragte er: „Wie habt Ihr das gemacht? Mein Nachbar ist plötzlich ganz friedlich, geradezu
höflich geworden. Er grüßt sogar meine Frau".

Ich beglückwünschte ihn zum Erfolg und mich zur guten Wahl. Den drei Minuten des Vorgarten-Sketchs zuzuschauen, wären für mich Lohn genug gewesen. Herr L. ließ es sich jedoch nicht nehmen, meine Vermittlungstätigkeit reichlich zu belohnen.

Ohne Schweiß keinen Preis

Längere Zeit fuhr ich die Geschäftsführerin des „CD Clubs", damals die Nummer eins unter den Bonner Nachtclubs gegen 5 Uhr morgens nach Hause. Eines Tages wartete ich dort, als es klingelte. Sie bat mich, Bescheid zu geben, dass der Club geschlossen sei. „Hier ist Feierabend", sagte ich zu dem südländisch aussehenden Mann mit Dreitagebart. Ob er mich nicht verstanden hatte oder meine Worte ignorierte, er schob mich einfach bei Seite und ging, trotz des vielstimmigen „Feierabend", das ihm entgegenscholl, mit festen Schritten geradewegs zur Theke und sagte nur: „Whisky!" Sehr vertrauenserweckend sah der Mann nicht aus. Er war recht auffällig gekleidet mit Fransen-Jeans und Holzfäller-Jacke mit großen bunten Karos. In einer Hand trug er eine große lederne Bügeltasche. Die Geschäftsführerin wandte sich leicht verärgert zur Bardame: „Gib ihm noch einen, aber halt ihn gleich ab". Darauf schmetterte sie ein weiteres „Feierabend!" in den Raum.

Aber dann legte der Eindringling seine Tasche auf die Theke und machte sie weit auf. Sie war gefüllt mit Geldschein-Bündeln mit Banderolen. Im Nu ging das helle Licht aus, die Musik setzte wieder ein und der späte Gast war von mehreren Animierdamen umringt. Er bestellte Champagner für sie, gab ihnen jedoch mit einer Geste zu verstehen, dass sie sich entfernen sollten.

Als er sein Glas geleert hatte, sagte er, einige Scheine auf die Theke legend, „Airport!" Die Geschäftsführerin rief mir zu: „Fahr Du ihn, das ist eine gute Fahrt. Ich rufe mir ein anderes Taxi".

Das ließ ich mir nicht zweimal sagen. Bevor ich losfuhr, vernahm ich von einer Handbewegung zum Mund begleitet: „Bistro". Ein Blick auf die Uhr: Kurz nach 5 Uhr. An den Markthallen in der Eifelstraße gab es drei Lokale, in denen man zu dieser frühen Zeit gut Frühstücken konnte: Ich entschied mich für den „Eifeler Hof". Wir hatten das opulente Frühstück noch nicht ganz beendet, als er plötzlich aufsprang und mehrmals „Bremen!" rief. Ich gab ihm zu verstehen, dass die Fahrt dorthin teuer sei. Da öffnete er erneut seine Tasche, hielt sie mir hin: „Money no problem!"

Darauf informierte ich meinen Tagfahrer, der einen gebührenden Anteil des zu erwartenden Fahrpreises bekommen sollte.

Nun ging es also nach Bremen. Mein Fahrgast legte seine Tasche auf die hintere Ablage, sich selbst auf die hinteren Sitze, und nach wenigen Minuten hörte ich ihn schnarchen. Dass er sich seine Schuhe ausgezogen hatte, bemerkte ich rasch an dem üblen Geruch, der mir in die Nase stieg. Den musste ich aushalten, denn der Morgen war zum kräftigen Lüften zu kalt.

Bei einer kurzen Kaffeepause in der Raststätte „Dammer Berge" ließ er mich und meinen Kumpan mit seiner Tasche allein. Keine Spur von Argwohn oder Misstrauen. Das erstaunte und ja, freute mich auch.

Ich fühlte mich diesen rätselhaften Unbekannten, an dessen zweifelhafter Unternehmung ich beteiligt war, irgendwie verbunden.

Als wir uns Bremen näherten, erwiderte er auf mein „Wohin?" erneut sehr knapp: „Port!" Ich fuhr zum Hafen. Dort stieg er mehrmals aus, bedeutete mir jedes Mal durch ein Handzeichen zu warten. Ich gewann den Eindruck, dass er ein Schiff suchte, aber nicht fand. Nach geraumer Zeit gab er auf, kehrte zurück und sagte nur: „Station". Also fuhr ich ihn zum Bahnhof. Dort trennten wir uns. Ich zeigte auf das Taxameter und er gab mir die doppelte angezeigte Gebühr. Die Fahrt mit diesem Fahrgast hat sich wie kaum eine andere sehr reichlich bezahlt gemacht. Wir stiegen beide aus. Zu meiner Überraschung umarmte er mich mit den Worten: „Gute Kamerad".

Ich war todmüde, legte bei der Heimfahrt auf dem ersten Rastplatz eine Pause ein - erst mal schlafen.

Später hatte ich genug Zeit, über das, was ich an diesem Tag erlebte, nachzudenken. Zu gerne hätte ich erfahren, wer dieser mysteriöse, wortkarge Mann mit der Tasche voller Geldscheine war.

„Woher kam er? Wohin wollte er? Vielleicht ein Gauner? Vielleicht auf der Flucht? Vor wem?" Fragen über Fragen. Doch schließlich sagte ich mir: Man muss die Nase nicht in alles stecken.

Apropos Nase: Der Mann war mir durchaus sympathisch bis auf seine Schweißfüße.

Der Leithammel

Hin und wieder führte die Firma Lancôme in Dottendorf Schulungskurse für junge Mitarbeiterinnen durch. Sie waren im nicht weit vom Firmensitz entfernten Hotel „Jacobs" in der Bergstraße untergebracht. Für den frühen Abend orderte die Firma bei der Zentrale fünf oder sechs Taxen, um die jungen Damen nach Godesberg zum Restaurant „St. Michael" zu fahren, wo ein festliches Abendessen auf sie wartete. Zur festgesetzten späteren Stunde ging's dann wieder zurück ins Quartier.

Wen wundert's, dass diese Fahrten bei uns Taxifahrern sehr beliebt waren. Keineswegs nur um des schnöden Mammon wegen, sondern wegen der Augenweide. So um die zwanzig junge und attraktive Damen, wie sollten die nicht die Aufmerksamkeit auf sich lenken und bewunderndes Wohlgefallen erregen. Ich weiß wovon ich spreche, weil ich an diesen begehrten Fahrten wiederholt teilgenommen habe.

Um die angegebene Zeit stand sowohl die Schar der jungen Mädchen bereit wie die Taxifahrer mit ihren Taxen, und ich kann es nicht anders ausdrücken, sie taxierten einander, mehr oder minder diskret. Nicht unerwähnt darf bleiben, dass die Gruppe gut behütet wurde von einer älteren Angestellten, die auch das Bezahlen übernahm. Ja, und dann hieß es: „Bitte einsteigen!" Damenwahl! Und bald waren alle in den Wagen verstaut.

Dem ein oder anderen wird das nette Volkslied bekannt sein „Hab mei Wage vollgelade". Das kam mir bei diesen Fahrten immer in den Sinn. Eine dieser Fahrten verlief ein wenig anders als die anderen. Von der will ich erzählen. Die jungen Damen nebst ihrer Hüterin hatten in den 5 Taxen Platz genommen. Ich saß im fünften Wagen. Der Fahrer, der an der Spitze der Kolonne stand, rief mit seiner hohen Piepsstimme so energisch wie er konnte: „Fahrt alle hinter mir her!!" Die Kolonne setzte sich in Bewegung. Ich merkte, dass der selbsternannte Leithammel wider besseres Wissen statt rechts links abbog, in die dem Ziel geradezu entgegengesetzte Richtung. Der hinter ihm fahrende Wagen folgte ihm. Es folgte der dritte, es folgte der vierte.

Jetzt war ich an der Reihe. Mir blieben nur Sekunden, um mich zu entscheiden. Bleibe ich bei der Kolonne und gehorche dem Befehl des selbstherrlichen Anführers oder biege ich rechts ab, nehme als einziger den richtigen, nämlich den kürzesten Weg? Ich bog wie die anderen links ab, wenn auch mit innerem Widerstreben.

Bei der weiteren Fahrt, musste ich immer wieder denken: „Was macht der denn!?" Dieser alte Hase nahm immer wieder ganz bewusst eine falsche Route, machte einen Riesenbogen. Und alle anderen folgten ihm, auch ich. Herdentrieb? Nach einem sehr großen Umweg gelangte unsere Kolonne schließlich zum Restaurant „St. Michael". Die Damen stiegen aus und verschwanden mit erwartungsvoller Heiterkeit im Lokal. Wir Taxifahrer erhielten den angegebenen, erheblich überteuerten Fahrpreis samt Trinkgeld.

Diese Mogel-Fahrt hatte keinerlei unangenehmes Nachspiel. Hätte es womöglich eines gegeben, wenn ich als einziger beträchtlich früher angekommen wäre? Wie hätten meine Kollegen reagiert? Man muss gute Miene zum bösen Spiel machen. Mit dergleichen Erwägungen rechtfertigte ich mein Verhalten. Dennoch nahm ich mir vor, so schnell nicht wieder nach der Pfeife eines eingebildeten „Leithammels" zu tanzen.

Sportsfreund

Am Halteplatz „Bertha-von-Suttner-Platz" stieg ein junger Mann ein, der nach Siegburg-Kaldauen wollte. Er kam sofort sehr gut ins Gespräch mit mir. Erst über Dies und Das. Aber schon bald waren wir bei einem Thema, das uns beide begeisterte, in dem wir uns beide gut auskannten: Fußball. Er war Mönchengladbach-Fan, ich Eintracht-Frankfurt-Fan, was unsere lebhafte Unterhaltung zusätzlich befeuerte. In Kaldauen angekommen, lotste mich der neben mir sitzende Sportsfreund in eine propere Siedlung mit Einfamilienhäusern, davor kleine, gepflegte Vorgärten mit Jägerzäunen. Im Halbdunkeln richtig anheimelnd.

„Ach, schade, dass wir schon am Ziel sind"., sagte der junge Mann bedauernd und wies auf eines der Häuser, „da wohne ich". Zugleich begann er an seiner Gesäßtasche zu nesteln. Ich hielt. Das Taxameter zeigte einen Betrag von ca. 30 D-Mark. Er nickte. Den rechten Arm hinter dem Rücken rutschte er auf dem Sitz hin und her". Hach", sagte er, „Ich komme nicht ans Portemonnaie, krieg's nicht aus der Tasche. Ich muss aufstehen". Steigt aus, springt im nächsten Moment wie ein Hürdenläufer über den Jägerzaun, durchquert mit drei, vier Sprüngen den Vorgarten, rennt blitzschnell zwischen zwei Häusern durch und verschwindet im Dunklen.

Oft genug bin ich einem nachgerannt. Doch hier hatte ich von vornherein keine Chance. Keine Chance, ihn einzuholen, auch keine Chance jemals an mein Geld zu kommen. Ich stellte ihn mir vor, wie er sich ins Fäustchen lachte, diesen dummen Taxifahrer ausgetrickst zu haben. Eine ohnmächtige Wut erfasste mich. Nicht nur wegen des materiellen Verlust. Der gerissene Bursche hat mich getäuscht, wobei er geradezu strategisch vorging. Fast noch mehr ärgerte mich, dass ich mich täuschen ließ. Nun, ich habe daraus gelernt, und mich später bei weiteren Fahrten manchmal im Voraus vergewissert, dass die Fahrt auch bezahlt werden konnte.

Gewonnene Wette

Schon in der vorigen Geschichte habe ich erwähnt, dass es bei den alten Markthallen in der Eifelstraße drei Lokale gab, in denen man schon in aller Herrgottsfrühe herrlich frühstücken konnte. In der „Marktschenke" verkehrten hauptsächlich jene, die etwas mit dem Markt zu tun hatten, die Anlieferer und die Marktschreier vom Bonner Wochenmarkt. Die Nachtschwärmer die die Nacht ruhig ausklingen lassen oder den Tag in Ruhe beginnen wollten, waren im geräumigen „Ellerbahnhof" am rechten Platz, während im „Eifeler Hof" meist „etwas los war". Auch wir Nachtfahrer trafen uns dort gern.[4]

Einmal saßen wir, d.h. einige Taxikollegen, der Wirt der Markusschänke, auch er ein alter Kollege und ich dort beim frühen Frühstück zusammen. Unweit von uns saßen drei Herren an der Theke und knobelten. Zwei der Spieler waren durch ihre Sprache unschwer als Vorgebirgler zu erkennen. Es mochten ihrer Kleidung nach Bauern oder Handwerker sein. Der dritte war offensichtlich ein feinerer Herr mit Schlips und Kragen, so ein geschniegelter, aus dem Ei gepellter.

Wir hörten mit einigem Interesse den Geldgesprächen dieser Runde zu. Soll man nicht, macht aber Spaß.

Spannend wurde es, als der feinere Herr großspurig äußerte: „Ich lege innerhalb einer Stunde 100tausend Mark auf die Theke".

Ungläubiges Kopfschütteln. Bemerkungen wie „Du nimmst den Mund aber voll". oder „Wie willst Du das schaffen?" ertönten. Er aber beharrte bei seiner Behauptung und rief: „Wetten?" Um eine Lokalrunde!". „Topp, die Wette gilt"., ließen sich seine Knobelkumpane vernehmen. Jetzt waren fast alle Anwesenden dabei. Niemand traute ihm zu, die Wette zu gewinnen. Auch wir nicht.

---

[4] Alle drei Lokale gibt es nicht mehr. Man wird mich also nicht der Schleichwerbung beschuldigen können

Er musste sich erneut einige spöttische und ironische Sprüche anhören. „Abwarten!" sagte er nur und ließ sich von der Wirtin den Telefonapparat reichen. Alle warteten.

Bevor die Stunde vorbei war, ging die Tür auf. Zwei Männer erschienen mit Blechkisten unter dem Arm, die sie auf Geheiß des Geschniegelten auf die Theke stellten. Mucksmäuschene Stille!

Langsam, ja feierlich langsam öffnete der Schniegel erst eine, dann die zweite Kiste es fehlte eigentlich nur ein Tusch. Die Kisten waren tatsächlich bis zum Rand gefüllt mit gebündelten Geldscheinen. Ungläubiges Staunen. „Hier, Jungs, wollt Ihr nachzählen?", forderte er seine Mitspieler auf.

Nachdem alle den Schatz beäugt hatten, klemmten sich die Männer die Kisten wieder unter den Arm und verließen wortlos das Lokal.

Durch das Fenster sah man, dass sie in einen Geldtransporter stiegen.

Dem Gewinner des Wettstreits konnte man anmerken, welche Genugtuung ihn erfüllte. „Nun, meine Herren", wandte er sich an seine Knobelfreunde, „die erste Lokalrunde geht auf Sie!" Mit der zweiten feierte er seinen Sieg.

Als er später die Wirtin nach einem Taxi fragte, verwies sie ihn an mich. Ich habe den feinen Herrn nach Honnef gefahren, wo er in einer prachtvollen Villa verschwand. Was es mit diesem „Schaugeld" auf sich hatte, hat er mir nicht verraten. Aber ich darf verraten, dass er zu meiner Freude noch immer seine Spendierhosen anhatte.

Wiedersehen macht Freude

Da fällt mir beim Kramen eine Visitenkarte mit Bild und Anschrift eines Hotels in Bad Doberan in die Hände. Und sogleich wird eine Erinnerung wachgerufen. Warum kommt mir dabei ein Vorfall in Bad Honnef statt in Bad Doberan ins Gedächtnis?

Es ist schon etliche Jahre her. Aus dem Saunaclub, der mich bestellt hatte, trat ein junger Mann: kräftig gebaut, ja muskulös, dazu von Respekt einflößender Größe. Ein wahrer Herkules! Erst beim Einsteigen bemerkte ich, dass er wohl ein wenig zu tief ins Glas geschaut hatte und nicht mehr auf ganz festen Füssen stand. Mit schwerer Zunge murmelte er: „Nach Honnef!" und hüllte sich fortan in Schweigen. Dort angelangt, nannte er einen Straßennamen. „Die Straße kenne ich nicht, aber kein Problem, wozu habe ich Navigation", erklärte ich und hielt an. „Ein guter Taxifahrer muss das wissen", sagte er spöttisch. Und schon war er ausgestiegen, rief mir noch ein derbes Schimpfwort zu und entfernte sich leicht schwankend. Ein Blick auf die Uhr: gut 30 Euro. Darauf wollte ich nicht verzichten. Ich folgte ihm und verlangte höflich aber bestimmt mein Geld. Der Herkules aber drehte sich um, schlug nach mir, verfehlte mich und beschleunigte seine Schritte. Meine Versuche, ihn festzuhalten, scheiterten, weil ich jedes Mal seinen kräftigen Schwingern ausweichen musste. So ging das eine ganze Weile. Plötzlich spürte ich einen heftigen Schmerz im Gesicht und versetzte ihm ganz intuitiv einen kräftigen Konterschlag. Mein Herkules taumelte und fiel sehr unsanft zu Boden.

„Das hättest du nicht tun dürfen", durchfuhr es mich und wollte ihm beim Aufstehen helfen. Meine ihm dargebotene Hand ignorierend, zog er sein Handy aus der Tasche und rief die Polizei und einen Krankenwagen. Da saß er nun. Konnte oder wollte er nicht aufstehen? Schwer zu sagen. Darauf rief ich meinerseits die Polizei und erfuhr, da die Honnefer Wache nach 24 Uhr nicht mehr besetzt sei, dass eine Streife aus Bonn käme.

Die Wartezeit verbrachten wir mit eisigem Schweigen. Der Krankenwagen traf schnell ein. Ich verfolgte, wie die beiden Sanitäter den nun lauthals jammernden geschlagenen Helden in den Wagen hoben. Zu meiner Erleichterung schien es kaum etwas zu behandeln zu geben. Endlich kam auch die Polizei. Der junge Mann erklärte den Beamten, ich hätte ihn grundlos niedergeschlagen. Darauf kamen sie zu mir und ließen sich den Vorfall aus meiner Sicht schildern.

Einer der Polizisten brachte mir bald darauf einen 50-Euro-Schein. Ich händigte ihm das Wechselgeld aus, mit dem er wieder zum Krankenwagen ging. „Das musst Du mir zuerst vorzählen", forderte ihn der junge Mann im provozierenden Befehlston auf. „Ich muss gar nichts", hörte ich den Polizisten verärgert sagen. Das Blatt hatte sich zu meinen Gunsten gewendet. So machte ich mich beruhigt auf den Weg zum Taxi, überzeugt, die Geschichte werde für mich kein unangenehmes Nachspiel haben.

Ein Nachspiel gab es jedoch, allerdings ein völlig Unerwartetes: Einige Tage später. Ein Anruf vom Saunaclub. Wer kommt heraus? Der junge Mann, mein Herkules. Sieht mich, weicht einen Schritt zurück, macht eine abwehrende Geste: „Mit Dir fahre ich nicht, da habe ich Angst". Ich erwiderte freundlich: „Dazu gibt es keinen Grund. Bitte steig ein. Ich bringe Dich gern nach Honnef".

Kaum hatte er Platz genommen, fing er an, sich wortreich zu entschuldigen. „Sind wir nicht quitt?", sagte ich lachend und verkniff mir die Frage nach dem Fortgang unseres nächtlichen Abenteuers, um ihn nicht in noch größere Verlegenheit zu bringen.

Ich erfuhr, dass er von der Ostsee stammte, in Honnef die Hotelfachschule besuchte und vieles mehr. Kurzum, wir unterhielten uns prächtig.

Angekommen gab er mir einen 50-Euro-Schein mit der Bemerkung: „Den Rest als Schmerzens-und Wartegeld". Aber damit nicht genug. Zuletzt überreichte er mir eine Visitenkarte und lud mich herzlich zu einem Gratis-Wochenende im elterlichen Hotel in Bad Doberan ein.

Übrigens, in Bad Doberan bin ich nie gewesen.

Bezahlte Zeche

Ich bekam am späten Abend von der Zentrale das Hotel „Tulpenfeld"
im Bonner Regierungsviertel zugewiesen. Dort angekommen,
warteten vier junge Männer schon auf mich und legten mir einen
stark bezechten Mann auf den Rücksitz. „Graf-Galen-Straße. Fahren
Sie bitte den Herrn Minister nach Hause". Ich hatte ihn sofort erkannt,
unseren Landwirtschaftsminister Hermann Höcherl.
Während der Fahrt hörte ich hinter mir nur ein Grunzen und Röcheln.
In der mir angegebenen Straße fragte ich: „Welche Nummer?" Keine
Antwort. Also noch einmal, deutlich lauter:
„Welche Hausnummer?" Zu meiner Überraschung polterte er gleich
los: „Wer ich überhaupt sei, und er würde hier nicht wohnen"
Nach vielem Hin und Her stellte sich heraus: der Herr Minister wohnt
im Kardinal-Galen-Weg, einer kleinen Stichstraße mit nur vier
Häusern. Ja, wer kennt die schon? Ich wendete und fuhr los.
Es hatte zu regnen begonnen. Während der Fahrt musste ich mir noch
manches Geschimpfe und Gejammer in tiefem Bayerisch anhören. Und
so wie der Regen immer stärker wurde, so steigerte sich auch der
Herr Minister in seiner Wortwahl. Als sich schließlich sein Geschimpfe
zur Beschimpfung und Kränkung steigerte, goss es draußen wie aus
Eimern.
Schließlich wurde es mir zu bunt: Ich hielt an, stieg aus, öffnete die
hintere Tür und beförderte meinen Fahrgast ins Freie. „Die Fahrt ist
hier zu Ende, Herr Minister!" Wie ich, so war auch er gleich völlig
durchnässt. Ob mein rigoroses Vorgehen oder der wolkenbruchartige
Regen zu seiner schlagartigen Ernüchterung beigetragen hat oder
beides, wer weiß? Jedenfalls hörte ich nur ein flehendes „Junge, das
kannst Du doch nicht machen!"
Da gab ich ihm wortlos ein Zeichen. Beide stiegen wir wieder ins Auto.
Während der restlichen Fahrt entschuldigte er sich wortreich immer
wieder.

Im Kardinal-Galen-Weg angekommen, der Regen hatte aufgehört, bedankte sich der pitschnasse Minister vielmals, bezahlte die Zeche samt Umweg und fügte überdies ein reichliches Trinkgeld hinzu.

Die Frage, ob es auch der Lohn für eine erteilte Lektion war, weiß ich nicht zu beantworten.

Die feine Dame oder die Wölfin im Nerz

In einer bitterkalten Winternacht sah ich zur vorgerückten Stunde hinter dem Rathaus eine Dame in einem offensichtlich teuren Pelzmantel winken.

Ob ich sie nach Euskirchen fahren könnte. Welcher Taxifahrer würde sich nicht darüber freuen. Solch eine lukrative Fahrt zu ergattern? Ich tat's.

In Euskirchen angekommen dirigierte mich die Dame zu meiner Überraschung in eine Gegend, die mir ein wenig wie ein sozialer Brennpunkt erschien. Nun denn, ich hatte 50 D-Mark auf dem Tacho.

Da erklärte mir die Dame, die sich während der Fahrt im gut geheizten Taxi ihres Pelzmantels entledigt hatte – auch darunter sah es übrigens nicht billig aus – sie habe kein Geld, und ich müsse sie wieder zurück nach Bonn fahren.

Für nächtliche Gratis-Spritztouren fühlte ich mich nicht zuständig, erwiderte dieses Ansinnen daher mit einem knappen „Raus!". Sie blieb sitzen.

Als ich die hintere Tür der Taxe öffnete, um sie rauszuschmeißen, bekam ich eine volle Ladung Pfefferspray ins Gesicht. Ich konnte nichts mehr sehen, die Augen brannten wie verrückt. Als ich nach etlichen Minuten wieder zu mir kam, ging ich wieder zum Auto. Mit noch geschlossenen Augen schmiss ich zuerst sie, dann den Pelzmantel recht unsanft heraus.

Da lagen die feine Dame und der feine Nerz nun auf dem beschneiten Boden. Ich aber fuhr noch immer mit schmerzenden Augen in Richtung Bonn. Auf halber Strecke bekam ich dann doch Gewissensbisse: Wenn sie nun erfröre? Also wendete ich und fuhr zurück. Die feine Dame war jedoch verschwunden.

Ich fuhr heim, machte Feierabend, weil die Augen immer noch höllisch brannten. Meine Freundin brachte mich sofort in die Augenklinik, wo man mir die Augen auswusch. „Damit ist nicht zu spaßen", wurde mir gesagt.

Ja, mir war nach dieser Geschichte mit der feinen Dame sowieso nicht spaßig zumute.

Umweltgipfel

Großveranstaltungen lassen die Herzen eines Taxifahrers höher schlagen, da gibt es für sie etwas zu tun, da darf er hoffen, dass die Warterei, die naturgemäß zu seiner Tätigkeit gehört, aber nichts einbringt, nicht allzu lange dauert.
Es war November 2017, UN-Klima-Konferenz in Bonn mit mehr als 20 000 Teilnehmern aus aller Welt. Ja, das waren für uns Taxifahrer lohnende, auch erlebnisreiche Tage.

An drei Erlebnisse erinnere ich mich besonders gern.

Der verlorene Fahrgast

Es mag so gegen drei/vier Uhr nachts gewesen sein, als eine Polizeistreife mich am Friedensplatz ansprach: „Können Sie mal 100m zurücksetzen, da finden Sie einen Fahrgast, der nach Kessenich ins Hotel Jacobs muss". Auf dem Trottoir saß röchelnd ein Schwarzafrikaner in einem ehemals weißen, nun aber über und über mit Straßenschmutz befleckten Anzug. Außer einer knallbunten Krawatte trug er um den Hals eine Art Schlüsselanhänger mit Karte, die ihn als Teilnehmer der Klimakonferenz auswies. „Ob der überhaupt transportfähig ist?", ging es mir durch den Kopf. „Der Herr kannte wohl die Wirkung des deutschen Bieres nicht", meinte ich etwas zögernd. Die überaus charmante Polizistin hatte mich aber rasch überzeugt.

Zu dritt hoben wir ihn auf den Rücksitz meines Taxis. Während der Fahrt hörte ich hinter mir nichts als leises Röcheln. Auf der Abbiegerspur Reuterstraße/Ecke Hausdorffstraße geschah es: Ich fuhr langsam auf die rote Ampel zu, ließ den Wagen ausrollen, als ich die hintere geöffnete Tür bemerkte und gleich darauf mit gehörigem Schrecken sah, dass mein Fahrgast aus dem Auto gefallen war.

Sofort trat ich auf die Bremse, stieg aus und sah ihn im 30 bis 40 cm hohen Buschwerk verkeilt röchelnd auf der Verkehrsinsel liegen, anscheinend oder scheinbar, unverletzt.

Zum Glück kam mir ein junger Mann, der den Vorfall von der anderen Straßenseite beobachtet hatte, zur Hilfe. Aber sogar zu zweit gelang es uns nicht, den schweren Mann aus seiner misslichen Lage zu befreien und wieder ins Taxi zu befördern. So blieb mir nichts anderes übrig, als einen Krankenwagen zu rufen. Die Bonner Berufsfeuerwehr traf in gut 10 Minuten ein.

Zu viert wurde der Ausreißer auf eine Trage gehievt und abtransportiert. Ich war erleichtert, den war ich quitt. Es war der einzige Fahrgast, der mir jemals aus dem fahrenden Auto gefallen ist. Aber...

Postscriptum:

Kein „Aber": Gerade wieder in die Taxe gestiegen, erhielt ich den Anruf einer Stammkundin, die ich in der „Theaterklause" abholen sollte. Als ich ihr mein Erlebnis erzählte, sagte sie: „Ich war so schlecht drauf, doch Du hast mich zum Lachen gebracht. Ich übernehme gern die Fahrt des Gipfel-Delegierten". Na, prima!

Geisterfahrer

Ein paar Tage später kam es zu einer wenig charmanten Begegnung mit auswärtigen Ordnungshütern in Zivil, die wohl wegen des „Gipfels" nach Bonn abkommandiert waren.

Ich stand wieder am Friedensplatz und wurde zur „Theaterklause" gerufen. Also musste ich durch die sehr schmale Kasernenstraße, eine Einbahnstraße fahren. Völlig unvermutet kam mir ein dicker Audi mit Klever Kennzeichen entgegen. Da standen wir: Schnauze an Schnauze. Eigentlich klar, wer von uns den „Rückwärtsgang" einzulegen hatte.

Plötzlich leuchtete in der Frontscheibe meines Gegenübers ein Schild auf: „POLIZEI"! Noch ein kurzes Kräftemessen. Dann wich ich zähneknirschend der Gewalt und auf den Bürgersteig aus. Nun standen wir nebeneinander - Fenster an Fenster.

Ich: „Sie sind hier in einer Einbahnstraße!" Er: „Sie sind nicht befugt, mir Vorschriften zu machen". Ich: „Was hätten Sie gemacht, wenn der Nachtbus Ihnen entgegengekommen wäre?"

Er: „Sie brauchen mich nicht zu belehren".

Ich: „Machen Sie so etwas doch auf der Autobahn, da ist es viel spannender!"

Ich gab Gas.

200 Km/h

Täusche ich mich oder ist es nicht so? Der Held im amerikanischen Kino benötigt ein Taxi und just in diesem Moment fährt eines vorbei, ist frei, hält an, er steigt ein. Bei uns scheint mir, kommt das seltener vor. Aber es kommt vor.

Ich sehe eine junge Dame winken, bin frei, halte an, sie steigt ein. Nachdem sie sich erschöpft auf den Rücksitz hat fallen lassen, nennt sie etwas mühsam eine Adresse in Brühl. Noch ein kurzer Wortwechsel: „Amerikanerin? Ja. Klimakonferenz? Ja. Tired? Yes".

Dann Ruhe.

Ich fahre über die A 555, eine dreispurige Autobahn. Um diese Uhrzeit kaum Verkehr. Ich gebe Gas: 100 Km/h - 150 Km/h - 200 Km/h!

Konzentration, Hochgefühl. Denke gar nicht mehr daran, dass ich nicht allein im Auto bin.

Plötzlich nehme ich wahr, dass mein Fahrgast vornüber gelehnt beständig, wie gebannt auf das Tacho schaut. Was geht in ihr vor? Ich verspüre ein ungutes Gefühl, ein schlechtes Gewissen und drossele intuitiv das Tempo beträchtlich.

Bei der Pension angekommen, bin ich gespannt auf die Reaktion.

Zu meinem Erstaunen bedankt sie sich geradezu überschwänglich und sagt begeistert: „Zum ersten Mal in meinem Leben bin ich so schnell gefahren. In Amerika ist das unmöglich".

Irrfahrt

Es war in den 1970er Jahren. Als ich gegen 20 Uhr von einer Fahrt nach Köln zurückkam, sah ich am Bonner Verteiler zu meiner Verwunderung eine kleine, ältere Frau heftig winken. Ich muss hinzufügen, dass es dort damals noch keinen Taxistand gab. So konnte man zwar meist alle möglichen Tramper erwarten, aber eine ältere Frau? Nun ja, ich freute mich, auf der Rückfahrt gleich wieder einen neuen Fahrgast zu haben und hielt an.

„Können Sie mich nach Gummersbach fahren?" Aber gern. Unterwegs erzählte sie mir sichtlich erleichtert, sie sei in Bonn gewesen, nun aber glücklich, wieder nach Hause zu kommen. Und schon bald schlummerte sie zufrieden ein. Ihre Adresse hatte sie nicht genannt, wollte mir aber vor Ort den Weg zeigen. Damit gab ich mich zufrieden. Welch ein Irrtum!

In Gummersbach angekommen, dirigierte sie mich recht forsch: Links, rechts, geradeaus, wieder rechts, links usw. Ich merkte bald, dass wir ziellos im Kreise fuhren und das nicht nur einmal.

Leicht entnervt sagte ich ein wenig lauter werdend: „Sie müssen doch wissen, wo Sie wohnen! Bitte Straßennamen und Hausnummer!" Da hörte ich in tadelndem und sehr bestimmtem Ton: „Junger Mann, schreien Sie mich nicht an. Ich bin verrückt und aus der Irrenanstalt weggelaufen".

Mir verschlug es die Sprache, hielt erst mal an und stellte die Uhr ab.

Jetzt geht's nicht um Geld, jetzt geht es um Hilfe. Also, was nun? Was tun?

Da wandte sie sich erneut an mich, schaute mich vertrauensvoll an und bat fast flehentlich: „Ich will in mein altes Heim, ins „Haus Sonnenschein". „Immerhin ein erster Anhaltspunkt", dachte ich bei mir, aber auch: „Wo in aller Welt, befindet sich dieses „Haus Sonnenschein" und wie soll ich es finden?" Wir waren bei unserer Irrfahrt an einem Taxistand vorbeigekommen. „Die Kollegen werden helfen können", schoss es mir durch den Kopf. Die Kollegen konnten nicht helfen. „In Gummersbach gibt es keine Klapse!", meinten sie, wiesen mir aber bereitwillig den Weg zur Polizeiwache.

Der Polizist, den ich dort antraf, konnte mir auch keine Auskunft geben, aber ein zweiter, der hinzukam. „Haus Sonnenschein"? Kenne ich. Das liegt außerhalb der Stadt, weit draußen, " erklärte er und fügte hinzu: „Das finden Sie nie! Schon gar nicht im Dunklen".

Mir wurde etwas mulmig zumute. Zu meiner Erleichterung bot er an, mich von einer Streife leiten zu lassen, um mir jedes Herumirren zu ersparen. Tatsächlich ging es jetzt mit „Polizeischutz" etliche Kilometer aus der Stadt hinaus, teils, ich möchte fast sagen, über die sprichwörtlich „verschlungenen Pfade".

Endlich gelangten wir in ein Wäldchen und darin zu einer wunderschönen alten Villa: Da lag es vor uns: das Haus Sonnenschein im Mondschein! Wir waren am Ziel! Ich nahm meine alte Dame bei der Hand und läutete. Drinnen empfing uns die Hüterin der Pforte mit dem Ausruf: „Hedwig, um Gottes Willen, was machst Du denn hier?" Die alte Dame gab keine Antwort, aber strahlte über das ganze Gesicht. Wieder daheim!

„Und wer sind Sie?" Ich stellte mich vor. Als ich wenig später unsere Odyssee schilderte, bat man mich um einen kurzen schriftlichen Bericht. Daraufhin erhielt ich ohne Umstände den Fahrpreis, auch den von der Uhr nicht festgehaltenen und einen geradezu überschwänglichen Dank. Ich erfuhr, dass Hedwig für einige Tage ins Bonner Landeskrankenhaus (Psychiatrie) zur Beobachtung gebracht worden war. Mir jedenfalls tat es gut, sie nach diesem Abenteuer wieder daheim und in guten Händen zu wissen.

Übrigens das zu erwähnen bin ich meiner Ehre als Taxifahrer schuldig: Die Rückfahrt aus diesem Labyrinth nach Bonn verlief dank meines hervorragenden Gedächtnisses und Orientierungssinnes ohne jeglichen Um- oder Irrweg.

Ach so!

Einem meiner guten Kunden hatte ich zugesagt, seine Freundin, die zu Besuch in Köln Porz weilte, abzuholen. Wo? Konnte er nicht angeben. Wann? Konnte er nicht sagen. Sie werde sich bei mir melden. Gegen 12 Uhr kam ein Anruf: „Chris, kannst Du mich abholen?" Diese stark näselnd-nuschelnde Stimme erkannte ich sofort. „In einer guten halben Stunde bin ich in Porz", antwortete ich und fragte nach Straße und Hausnummer.

Das, was ich dann hörte, war beim besten Willen nicht zu verstehen, klang eher chinesisch als deutsch: „Öbröhuhnöwöch". Meine mehrfache Bitte, den Namen zu wiederholen, halfen nicht weiter. Stets vernahm ich irgendwelche, eigenartige, jedenfalls mir völlig unverständliche Laute, „Ich verstehe immer nur „Bahnhof'", sagte ich endlich resigniert. „Nö! Öbröhuhnöwöch!" entgegnete sie nachdrücklich mit einem Anflug von Gekränktheit.

Nun bat ich sie, mir den Namen laut und deutlich zu buchstabieren.

„Bö!-Ör!-U!-Ön!-Ha!-I!-Öl!-Dö!-Ön!-Dö!-Ön!-Wö!-Zö!-Ha!". Nein, auch das half mir leider nicht weiter. Ich konnte kaum einen Buchstaben erkennen, geschweige denn einen Straßennamen aus diesen Lauten basteln. Ich war einfach hilflos.

Schließlich – was blieb mir anderes übrig? – bat ich recht entnervt, aber sehr sanft: „Ach bitte, gib mir mal Deinen Gastgeber an´s Telefon". Und da hörte ich dann eine weibliche Stimme das erlösende Wort sagen: „B r u n h i l d e n w e g!"

Nefftonn

Einen älteren Kollegen hatte man mit Fug und Recht „Das fahrende Lexikon" getauft. Kaum ein anderer kannte sich so hervorragend im Bonner Straßennetz aus. Schon seine Sprache wies ihn als echten Bonner aus. Wenn er je dem Hochdeutschen einmal mächtig gewesen sein sollte, hatte er es mit der Zeit gänzlich verlernt.

Ende der 70er Jahre wurde das Brachland am Brüser Berg zu einem neuen Stadtteil ausgebaut. Da gab es viele neue Straßen. Darunter etliche, die den Namen berühmter Physiker trugen.

Folgenden Dialog zwischen dem Kollegen, der eine Fahrt in die „Jute Straße" angenommen hatte, und der Taxizentrale bekam ich über Funk mit.

„Zentrale! Die „Jute Stroass finde ich nit. Wo soll die denn sin?

Die Zentrale erklärte ihm, wo die Newtonstraße ist.

„Ja, da ston ich doch, äwer dat is de Nefftonstroass".

(K)ein Besuch bei Willy Brandt

Meine erste Fahrt hatte mich an diesem Tag nach Beuel geführt. Auf dem Rückweg blinkte mich ein Offenbacher Taxi an. Ich dachte der Kollege benötigte eine Auskunft und hielt. Er aber fragte mich, ob ich seinen Fahrgast übernehmen könne, der jemanden in Bonn besuchen wolle. „Bei etwas Glück kannst Du ihn auch nach Offenbach zurückfahren", suchte er mir eine Zusage schmackhaft zu machen. Warum nicht, dachte ich und willigte ein. Der Kollege verhandelte kurz mit seinem Fahrgast und rechnete mit ihm ab.

Der Schlag öffnete sich, eine Frau kam heraus und stieg bei mir ein. Im Vorbeifahren rief mir der Offenbacher noch zu: „Ist wohl ein bisschen verrückt, aber Geld hat sie dabei". Er brauste davon.

„Guten Abend!", erwiderte ich den freundlichen Gruß der älteren, gut angezogenen Dame. „Wohin darf ich Sie fahren?" Ihre Antwort erstaunte mich nicht wenig: „Zu Willy Brandt in Bonn". In der zaghaften Hoffnung, dass es sich um einen Namensvetter unseres ehemaligen Bundeskanzlers handelte, entgegnete ich: „Zu Willy Brandt? Wissen Sie denn, wo er wohnt?" „Nein, ich habe ihn ja noch nie gesehen, aber Sie wüssten es, meinte Ihr Kollege". Mir schwante nichts Gutes. „Sie wissen es" wiederholte die Dame, mich vertrauensvoll anblickend. Ja, ich kannte die Adresse: Kiefernweg, auf dem Venusberg. Also fuhren wir dahin.

An der Einfahrt, die zum Haus führte, standen zwei Polizisten. Ich erklärte ihnen augenzwinkernd, dass die alte Dame neben mir, den großen Wunsch habe, Willy Brandt zu besuchen. „Herr Brandt ist leider nicht da", antwortet einer der beiden. Zu der Dame gewandt fügte er in vertraulichem Ton noch einige erläuternde Informationen hinzu. „So ein Pech!", äußerte ich, „Ja, dann müssen wir leider wieder zurück nach Offenbach. Einverstanden?" Zu meiner Erleichterung hörte ich ihr „Einverstanden!"

Unterwegs erzählte sie mir pausenlos, welch großartiger Mensch Willy Brandt sei, wie viel Gutes er für Deutschland getan habe. Auf der Autobahnraststätte Camberg holte ich am Automaten für jeden von uns einen Kaffee, während meine alte Dame im Wagen wartete. Als ich zurückkam, überraschte sie mich mit der Frage: „In welcher Richtung liegt Bonn?" Ich zeigte es ihr. Daraufhin stieg sie aus, kniete nieder, betete einige Minuten und stieg wieder ein. Wir fuhren weiter. Den Rest der Fahrt erging sie sich in Lobeserhebungen über Willy Brandt. Mir blieb nichts übrig, als diesen Lobliedern hin und wieder meinen Beifall zu zollen.

In Offenbach kannte sie sich gut aus, wies mir den Weg zu ihrem Haus, das in einer guten Wohngegend lag. Sie stieg aus, nicht ohne mir den nicht eben geringen Fahrpreis mit einem üppigen Trinkgeld aufzustocken.

„Bis zum nächsten Mal", verabschiedete sie sich, „ich muss Willy Brandt besuchen. Jetzt weiß ich, wo er wohnt".

Ein Nächstes Mal hat es natürlich nicht gegeben. Die alte Dame habe ich nie mehr gesehen, wohl aber den von ihr so sehr verehrten Willy Brandt. Monate später hatte ich ihn in meinem Taxi, allerdings in Begleitung. Auf der Fahrt zur Parlamentarischen Gesellschaft in der Dahlmannstraße, der heutigen Karl-Carstens-Straße, haben wir daher nur einige belanglose Worte gewechselt.

„Mister Hohlbein"

Ich hatte erst kurze Zeit als Taxifahrer gearbeitet, als ich ihm zum ersten Mal begegnet bin. Er kam aus irgendeinem Lokal in der Innenstadt. Schon beim Einsteigen registrierte ich, dass er nicht mehr nüchtern war. „Zur Holbeinstraße, Nr. X", brachte er etwas mühsam heraus. Plittersdorf, also eine „bessere Adresse". Seine äußere korrekte Erscheinung ließ mich auf einen Beamten oder Angestellten tippen. Während der Fahrt saß er meist ruhig neben mir. An einer Unterhaltung zeigte er keinerlei Interesse, war vielleicht auch gar nicht mehr in der Lage dazu. Nur ab und zu fuchtelte er mit den Armen und stieß unartikulierte Laute aus, was wohl seinem alkoholisierten Zustand geschuldet war.

Es schien eine der üblichen Heimfahrten nach einer durchzechten Nacht zu werden. Doch schließlich fand sie ein für mich damals überraschendes Ende. Ich hielt vor der angegebenen Adresse, er stieg, ohne ein Wort zu sagen, aus, griff in seine Anzugstasche, bückte sich, schmiss allerlei Münzen und Scheine mit Schwung ins Taxi und stiefelte von dannen. Ich war im wahrsten Sinne des Wortes sprachlos, dann empört, in solch unwürdiger, ja demütigender Weise bezahlt zu werden. So blieb ich erst mal sitzen, wollte auf keinen Fall einen Zuschauer beim Einsammeln der Münzen haben.

Dann was sollte ich machen? fing ich mit der Suche nach dem Geld an. Wer schon mal einen Gegenstand im Auto verloren hat, weiß, wie mühselig das Suchen danach sein kann. Es hat tatsächlich geraume Zeit gedauert, bis ich das Kleingeld und die Scheine, auch solche waren dabei, gefunden hatte. Beim Zusammenzählen stellte ich fest, dass die Summe den vom Taxameter angezeigten Fahrpreis beträchtlich überschritt. Das milderte meinen Zorn nur wenig.

„Den Kerl fahre ich nie wieder!", sagte ich mir.

Als ich meinen Kollegen von diesem Erlebnis erzählte, lachten die nur: „Kennen wir! Das ist „Mister Hohlbein", der arbeitet nachts bei einer Zeitung. Geht anschließend gern in ein Lokal. Ja, der schmeißt das Geld immer so, aber immer sehr reichlich, nicht wahr?".

Ich habe ihn noch recht oft gefahren, diesen „Mister Hohlbein", obwohl ich ihn niemals nüchtern erlebt habe. Auch seine Eigenart beim Bezahlen habe ich mit Gleichmut hingenommen, denn ich stellte fest, dass ich immer gut bezahlt war.

Als Anfänger fehlte es mir noch an im Laufe vieler Jahre durch vielerlei Erfahrung gewonnene Eigenschaften: Gelassenheit, Gleichmut, Nachsicht, Beherrschung. An Humor hat es mir glücklicherweise nie gänzlich gemangelt, wenn es sich manchmal auch nur um Galgenhumor handelte. Alles Eigenschaften, die für einen Taxifahrer äußerst wichtig sind, für einen Nachtfahrer allemal.

Vom Unfall zum Umfall

Eine lange Nacht lag hinter mir. Warum eigentlich kommt einem manche Nacht länger vor als andere? Ich spürte, dass Müdigkeit mich übermannte. Am frühen Morgen hatte ich am Düsseldorfer Flughafen noch einem Pärchen nachgeschaut, das sich auf einen Flug nach Teneriffa freute. Die Glücklichen! In der Sonne liegen, richtig ausspannen. Naja, es war die letzte Fahrt, es ging heim. Auf mich wartete zwar kein Sonnenstrand, aber ein warmes Bett.

Damals ging's zum Flughafen noch nicht bequem per Autobahn, sondern man musste durch die Düsseldorfer Innenstadt fahren, sich nicht selten durch quälen. Und natürlich! auf dieser Rückfahrt kam ich in die Rushhour. Als der Verkehr ganz unversehens zum Erliegen kam, fuhr der hinter mir fahrende VW-Käfer voll in mich rein, schob mich sogar noch auf den vor mir stehenden Wagen. Ergebnis: Zum Glück keine Verletzten, jedoch Totalschaden am Volkswagen, am andern Wagen Blechschaden, mein Taxi nicht mehr fahrbereit.

Was folgte schien mir fast wie ein Stück aus dem Tollhaus. Die unglückliche Käfer-Dame schrie immer wieder: „Wie komme ich jetzt in die Schule?" Ich entgegnete: „Am besten mit dem Taxi". Mit einer Portion Ironie fügte ich hinzu: „Ich böte Ihnen ja herzlich gern meine Dienste an, aber wie Sie sehen, muss mein Taxi abgeschleppt werden". Ihre mehrfach und eindringlich geäußerte Frage „Wie kommen Sie als Bonner Taxifahrer überhaupt nach Düsseldorf? Sagen Sie, was macht ein Bonner Taxifahrer in Düsseldorf?" ließ ich unbeantwortet. Ich merkte, dass die arme Lehrerin unter Schock stand. Die Polizei kam, der Sachverhalt des Unfalls war rasch geklärt.

Nun fragte ich mich selbst: „Was mache ich Bonner Taxifahrer mit einem nicht fahrtüchtigen Taxi in Düsseldorf, und wie komme ich nach Bonn?" Wie vom Himmel geschickt, stand da plötzlich ein junger Düsseldorfer Taxifahrer neben mir und fragte: „Kann ich Dir helfen?" Und ob er konnte! Er riet mir zu einer Werkstatt, brachte mich selbst dorthin, wo ich auch meinen Unternehmer anrufen konnte. Anschließend lud er mich zu einem späten Frühstück ins Café ein.

Endlich konnten wir einander richtig vorstellen, und ich ihm für seine so selbstlose Hilfe meinen Dank abstatten.

Schließlich brachte er mich zum Bahnhof und begleitete mich noch zum Zug. Hundemüde setzte ich mich auf den erstbesten Platz, schlief ein, verschlief Bonn, stieg erst in Remagen aus. Stieg dort in einen Zug entgegengesetzter Richtung, setzte mich, verschlief Bonn ein zweites Mal und stieg in Köln aus. Stieg wiederum um, obwohl ich mich vor Müdigkeit kaum noch auf den Beinen halten konnte, blieb ich an der Tür stehen und stieg in Bonn aus. Dort nahm ich mir ein Taxi. „Chris, wir sind da!" Der Kollege, der mich nach Hause gebracht hatte, musste mich tatsächlich wecken.

Daheim fiel ich zum Umfallen müde sogleich wie ich war ins Bett und sank in einen tiefen, langen Schlaf.

Ein ehrlicher Kerl

Wieder einmal war es ein junger Mann, der mir erklärte, die Fahrt von der Puffkneipe „Malkasten" nach Kleinbüllesheim bei Euskirchen nicht sogleich bezahlen zu können. Wieder einmal hatte ich mich vom vertrauenserweckenden Äußeren und vom forschen Auftreten bluffen lassen. Er schlug vor, den mir zustehenden Betrag am nächsten Tag in besagter Kneipe erstatten zu wollen. Aber wenn nicht? Darauf wollte ich mich lieber nicht einlassen und drohte, die Polizei zu rufen. Er erschrak heftig. Durch inständiges Bitten und geradezu flehentliches Versprechen versuchte er mich umzustimmen.

Beteuerte immer wieder hoch und heilig, dass ich ihm vertrauen könne, er sei ein ehrlicher Kerl. Schließlich bot er mir seinen Personalausweis als Pfand an. Ich erklärte zwar: „Den darf ich eigentlich nicht annehmen". Aber des langen Palavers überdrüssig, steckte ich den Ausweis als Sicherheit in meine Taxi-Geldtasche.

Mein Ärger über den Spitzbuben und, ja, auch über mich selbst war noch nicht verraucht, als ich auf der Rückfahrt in Duisdorf meine Freundin anrief, um mich für einen gemeinsamen Besuch im Schwimmbad zu verabreden. Ich wollte mich einfach auch auf etwas freuen können. Die Freude war leider von kurzer Dauer. Denn ich stellte fest, dass ich meine Taxi-Geldbörse in der Telefonzelle liegen gelassen hatte. Sofort fuhr ich zurück. Nicht mehr da! Geld, überlegte ich, war nicht allzu viel drin, aber der Personalausweis des jungen Mannes. Peinlich! Das wird ein Nachspiel haben.

Am nächsten Tag wartete ich allerdings vergeblich auf meinen Schuldner. Warum hatte er unsere Verabredung nicht eingehalten?

Nach etlichen Wochen war ich mit zwei Kollegen wieder im „Malkasten" und wen sehe ich? Meinen viel versprechenden ehrlichen Kerl aus Kleinbüllesheim. Ich gab meinen Kollegen, denen die „Geschichte" bekannt war, einen Wink. Sie berieten sich kurz, gingen dann zu dem jungen Mann. „Polizei", sagten sie forsch, „Ausweiskontrolle!" Der junge Mann erschrak. Er fiel tatsächlich auf diesen Trick herein und reichte ihnen seinen Personalausweis. Der falsche Polizist gab mir diskret ein Zeichen. Aha, dachte ich, der Ausweis, den er mir als Pfand überlassen hatte, ist ihm von einem ehrlichen Finder zurückgegeben worden.

Erst jetzt trat ich hinzu. Er erschrak. „Du erinnerst Dich also. Du schuldest mir noch das Geld für eine Fahrt". Ehe er wieder anfing zu schwadronieren, fuhr ich fort: „Und was ist mit dem Geld in meiner Börse?" Er schwor Stein und Bein, dass er lediglich den Ausweis von dem Finder bekommen hätte. Wenn es mir auch nicht ganz leicht fiel, ihm zu glauben, widerlegen konnte ich es ihm nicht. Die Fahrt nach Kleinbüllesheim, die hat er mir bezahlt.

Das magere Trinkgeld, das er mir zuletzt mit gönnerhafter Miene übergab, nahm mir nicht das Gefühl, bei der ganzen vertrackten Geschichte draufgezahlt zu haben. Wirklich, ein ehrlicher Kerl!

Versohlt und verarscht

Heute bin ich eher misstrauisch, wenn mir ein Fahrgast gleich welchen Geschlechts einen Extralohn für eine Gefälligkeit anbietet. Nun gut, auch früher habe ich so manches Anerbieten, mir zusätzlich etwas zu verdienen meistens abgelehnt. Und davon gab es gar nicht so wenige. Welche? Nein, ich denke nicht daran, jetzt aus dem Nähkästlein zu plaudern. Da schweigt des Sängers Höflichkeit!

Lang, lang ist's her. Von dem Herrn, der am Reuterplatz in mein Taxi stieg, kann ich nicht nur deshalb keine detaillierte Beschreibung geben. Dieser Mittvierziger war einfach ein Durchschnittstyp, trug eine in meinen Augen langweilige Garderobe, aber solide, ja gewiss sogar teuer. Alles an ihm schien wie aus dem Ei gepellt zu sein. Chefetage? Vielleicht. Sein Gürtel, das weiß ich genau, war aus allerfeinstem Leder, dafür habe ich einen Blick.

Die Fahrt ging nach Friesdorf, eine bestimmte Adresse nannte er nicht. Nach einigen wortlosen Minuten, zog mein Fahrgast einen Hundertmarkschein aus der Tasche, hielt ihn mir hin und fragte ganz unvermittelt: „Willst Du Dir 100 Mark extra verdienen?" Dass er mich duzte überraschte mich etwas, das passte nicht zu ihm. Und so naiv war ich nicht, dass ich nicht ahnte, in welche Richtung sein Angebot gehen würde. „Ja gerne, was muss ich denn dafür tun?" fragte ich. „Du bekommst 100 Mark, wenn Du mir den A... versohlst".

Meine Zusage kam ganz spontan: „Klar, mach ich!" Ich kann wirklich nicht sagen, was mich dazu gebracht hat. Die Aussicht auf leicht verdiente 100 Mark oder eine gewisse Neugier, wie sich das „Geschäft" weiterentwickeln würde. Vermutlich beides. Und schließlich blieb ich ja Herr des Geschehens.

In Friesdorf dirigierte mich der Herr in die Margaretenstraße: Auf der einen Seite nur Büros, auf der anderen eine Hainbuchen-, jedenfalls eine blickdichte Hecke. Hier ließ er mich halten. Wir stiegen beide aus. Es kamen keinerlei weitere Anweisungen, das Folgende vollzog sich stumm. Er gab mir den Hunderter, griff zur Gürtelschnalle, öffnete sie, gab mir seinen Gürtel. Den konnte ich bewundern, während er zur

Hecke ging, seine Hose nebst Unterhose bis zur Kniekehle herunterzog und sich bückte. Ich nahm kurz Anlauf, lief die paar Meter zu ihm und trat ihm voll in den Hintern.

Er flog ich kann es nicht anders sagen kopfüber in die Hecke, zappelte, weil er durch die Hose „gefesselt" war, darin oder daran. Ich entfernte mich. Auf halben Weg schmiss ich den edlen Gürtel in die Richtung seines Besitzers, stieg ins Taxi und fuhr weg.

Einen weiteren Kommentar des Geschehens erspare ich mir.

Vielleicht noch dies: Ich bin sicher, dass es keine Zuschauer gab. Der Ort war gut gewählt.

Ente gut, alles gut

Den Dreien, die mit schwerem Gepäck aus dem Seiteneingang des Bonner Hauptbahnhofs kamen, sah ich schon aus einiger Entfernung an, welche Landsleute sie waren. Ich stieg aus, um das Gepäck zu verstauen, darunter auch diese verräterische Tasche: Plastik, kariert, mit Metallgriff.

„Guten Abend", sagten sie. „Dobre wieczur", sagte ich. Mit diesem Zauberwort war der Bann gebrochen. Alle drei strahlten mich an, kein Zaudern, kein unsicheres Zögern mehr. Ein Sturzbach an Informationen und Fragen, von dem ich nur einzelne Wörter verstand, ergoss sich über mich. Alle Drei redeten auf mich ein. Jetzt erst einmal Platz nehmen. Der Vater setzte sich neben mich, Mutter und Tochter nahmen hinten Platz. Jetzt kam mein energisches „Nie rozumien po polsku"[5], das mir, wohl weil es mir so geläufig von der Zunge ging, nicht recht geglaubt wurde.

Immerhin der Wortschwall ebbte ab, und dann stellte sich glücklicherweise schnell heraus, dass der Vater mehr Deutsch verstand als ich Polnisch. Also erst einmal: „Wohin?" Man reichte mir einen Briefumschlag, auf dem in deutlicher Handschrift eine Adresse zu lesen war: „Sternenburgstraße". Alles klar! Ich fuhr los. Unterwegs erfuhr ich, dass die Familie aus Inowraclaw kam. „Auf Deutsch Inowrozlaw oder Hohensalza", sagte ich, „Kenne ich". Das hatten sie nicht erwartet. Ich erfuhr, dass sie zum ersten Mal in Deutschland waren, von den in Bonn wohnenden Freunden eingeladen. Als wir vor deren Haus standen, wunderte ich mich: Die Fenster aller Wohnungen dunkel. Ich ging zur Haustür, schaute auf die Klingelleiste. Aha, „P..ski". Wir klingelten, einmal, zweimal, ein drittes und viertes Mal. Alles blieb dunkel und still. Keiner zuhause!

Ratlosigkeit bei mir, weit größere Hilflosigkeit bei den Dreien. Hier konnten wir nicht stehen bleiben. Ich begann, das Gepäck wieder einzuladen. Wohin jetzt? Mir ging alles Mögliche durch den Kopf:

---

[5] Ich verstehe kein Polnisch.

Hotel? Pension? Viel zu teuer! Ich wusste, wie wenige Devisen man seiner Zeit aus Polen mitnehmen durfte. Jugendherberge? Bahnhofsmission? Auch das verwarf ich. Ich schaute auf die Uhr. Es war kurz nach Mitternacht.

Plötzlich hatte ich die Lösung. Ich rief daheim an und hörte das Erwartete: „Bring sie einfach her!" Als wir Zuhause ankamen, waren die Betten bereits gemacht. Man stellte sich vor. Man kam ins Gespräch. Meine Mutter freute sich, ihre polnischen Sprachkenntnisse zu erproben. Meine Schwester lief in die Küche. Nach einer langen, sicher beschwerlichen Reise hat man da nicht Durst, vielleicht sogar Hunger?

Kaum standen ein paar Gläser auf dem Tisch, da packten plötzlich die Gäste aus: Eingelegte Pilze, herrlich duftende geräucherte Würste, eine Flasche Wodka und eine gebratene Ente; eigenhändig gemästet, geschlachtet und zubereitet. Mit vereinten Kräften war der Tisch rasch und reichlich gedeckt. Ich weiß nicht, wie lange dieses nächtliche deutsch-polnische Mahl gedauert hatte, denn ich verabschiedete mich, hatte ja noch ein paar Stunden zu arbeiten.

Als ich frühmorgens heim kam, schliefen alle. Bei dem späten Frühstück, ging es schon ganz familiär zu. Mir hatte man ein feines Stück der Ente verwahrt. Köstlich! Bald darauf zog ich mich zurück. Ein Nachtfahrer braucht seinen Schlaf.

Gegen 19 Uhr hieß es Abschied nehmen. Alle lagen sich in den Armen. „Herzlichen Dank!", „Serdecznie ziekuje!" „Wir sehen uns wieder! In Inowroclaw!"

Dann fuhr ich mit unseren Freunden zu ihren Freunden. Herzlicher Empfang! Ich verabschiedete mich gleich, konnte der Einladung nicht folgen, denn ich musste zur Arbeit.

Auf dem Weg dorthin dachte ich: „Die leckere Ente ist den P...skis leider entgangen.

Übrigens: Ente heißt auf Polnisch „kaczka".

Ringeltäubchen

Wer weiß was eine Ringeltaube ist. Nein, ich meine nicht diese wilde Taubenart mit einem Schwarzen in das Himmelblaue spielenden Körper und einen weißen Ring um den Hals.

Wir Taxifahrer nennen „Ringeltäubchen" eine Fahrt, in der es keine oder nur eine teilweise Leerfahrt bei der Rück-Tour gibt. Echte „Ringeltäubchen" sind sehr selten. „Eine Ringeltaube schießt man nicht alle Tage", lautet ein altes Sprichwort. Hier will ich die Geschichte meines besten „Ringeltäubchens" erzählen:

Als ich am frühen Abend das Hotel „Rheinland" auf der Berliner Freiheit anfuhr, wusste ich nur, dass dort ein Mister Soundso auf ein Taxi wartete, das ihn nach Köln bringen sollte. Ich traf dort zu meiner Überraschung ein älteres amerikanisches Ehepaar. Er, ein Mann von ungewöhnlicher Körperfülle, sie einen Kopf kleiner und rundlich, beide salopp bekleidet und von einer ungezwungenen Heiterkeit. Wir waren uns auf Anhieb sympathisch.

Obwohl die beiden nur „a little bit" Deutsch sprachen und ich nur einige Brocken Englisch, verständigten wir uns prächtig. Ich erfuhr, dass sie zu einer deutsch-amerikanischen Hochzeitsfeier eingeladen waren. Die Feier fand, wie ich einem Zettel mit einer sehr guten Wegbeschreibung entnehmen konnte, ganz privat im Elternhaus der Braut statt. Ich hielt vor einem in der Kölner Südstadt gelegenem großzügigem Haus. Bevor die beiden ausstiegen fragten sie, ob ich sie um 23 Uhr wieder abholen könne. „Herzlich gern", sagte ich und kehrte nach Bonn zurück.

Nachdem ich einige kleinere Fahrten übernommen hatte, begann ich auf die Uhr zu schauen, um pünktlich zur angegebenen Zeit wieder in Köln zu sein. „Noch Zeit genug, um eine weitere Fahrt zu übernehmen", sagte ich mir gegen 21 Uhr und fuhr zum Hotel „Präsident" in Poppelsdorf. Der junge Mann, ein amerikanischer Sunnyboy, stieg ein und gab mir einen Zettel mit einer Wegbeschreibung, die mir sogleich bekannt vorkam. Natürlich! Auch diese Adresse kannte ich. Noch einer, der zur Hochzeitsfeier eingeladen war. Ein später Gast, leider für mich zu früh.

Eine Dreiviertelstunde zu früh, stand ich wieder vor der vornehmen Villa. Ich wollte gerade wegfahren, als einige Leute aus dem Gartentor kamen, darunter auch mein Ehepaar. Schon hatten die beiden mich entdeckt und kamen zum Wagenfenster. Ich erklärte mein verfrühtes Kommen, und dass ich natürlich warten werde. „No, stand here!", entgegneten sie und luden mich ebenso herzlich wie bestimmt ein mitzukommen. Sie führten mich in den hinter dem Haus liegenden großen, parkähnlichen, von Lampions erhellten Garten, wo sich die Hochzeitsgesellschaft vergnügte.

Dort wurde ich zuerst der Braut vorgestellt, die mich freundlich begrüßte und einlud, mitzufeiern und mir's schmecken zu lassen. Das ließ ich mir nicht zweimal sagen, denn auf vielen festlich geschmückten Tischen standen Köstlichkeiten, die einem das Wasser im Munde zusammenlaufen ließen. Wer kennt das nicht, das Bedauern, bei einem sehr reichhaltigen Büfett nicht von allem Gebotenen probieren zu können! Ich fühlte mich wie im Schlaraffenland, in dem bekanntlich gebratene Tauben in den Mund fliegen. Ringeltauben?

Pünktlich um 23 Uhr brachte ich das ältere Ehepaar heim, wo ich sogar noch reich belohnt wurde. Good bye! Und nein der smarte junge Amerikaner hat keine Rückfahrt nach Bonn bei mir bestellt. Wie gesagt, „Ringeltäubchen" sind rar.

Aquaplaning

Ich schaute auf die Uhr und dachte: „Gut, dass ich reichlich Zeit eingeplant habe. Die alte Dame, die, die Fahrt zum Frankfurter Flughafen tags zuvor bestellt hatte, war schon zum zweiten Male wieder in der Wohnung verschwunden. Dabei mich vor ihrem Haus schon wie sie sagte „sehnsüchtig" und „gestiefelt und gespornt", also abfahrbereit, erwartet.

Und nun wartete ich abfahrbereit auf die kleine Dame. Die Siebzig hatte sie bestimmt überschritten. dabei wirkte sie noch immer sehr lebendig und vital, was durch ihr himmelblaues Kleid mit bunten Kugeln unterstrichen wurde.

Endlich saß sie zufrieden auf dem Rücksitz und kramte abwechselnd in ihrer Hand- und Aktentasche. Im Nu war die Hinterbank mit Büchern, Manuskripten und mancherlei anderem belegt. Nur gut, dass ich ihr Köfferchen trotz ihres Protestes im Gepäckraum verstaut hatte. Wer weiß, ob sie es auf der Suche nach irgendwas auch noch geleert hätte. Doch sie hatte schon gefunden, was sie suchte: ihren Reiseproviant, der aus allen möglichen Süßigkeiten und Keksen sowie einer Dose Cola bestand. Mit dem Hinweis: „Ich war viel zu aufgeregt, um heute richtig zu frühstücken". begann sie sogleich zu futtern, nicht ohne mir von ihren Schätzen immer wieder auch etwas anzubieten. „Das kann ja heiter werden", dachte ich, „ein Krümelmonster und dazu eine gehörig durchgeschüttelte Dose Cola" und erbot mich, auf einem Parkplatz oder bei einer Raststätte eine kurze Futterpause einzulegen. Sie war mit meinem Vorschlag sehr einverstanden. Trotz des verspäteten Starts meinte ich nach einem Blick auf die Uhr, einige Minuten erübrigen zu können.

Die Fahrt war bislang recht normal verlaufen, obwohl die Autobahn stark befahren war. Allerdings musste man eine Störung stets in Betracht ziehen. Ich wollte mich dem Ziel doch noch ein gutes Stück genähert haben, bevor ich das Risiko eines erneuten Zeitverlusts einging. Daher begann ich sie zur Ablenkung in ein Gespräch zu verwickeln. „Sie fliegen nach Rom?", fragte ich. „Ja, nach Rom", sagte sie voller Begeisterung. Sie sei eingeladen, bei einer Tagung im Vatikan einen Vortrag zu halten. Und dann begann sie zu erzählen. Sie berichtete, dass sie zum ersten Mal zur Zeit Mussolinis Rom besuchte. Sie schwärmte von mancherlei Begebenheiten bei ihren weiteren Aufenthalten in der Ewigen Stadt, etwa von einer teuren „Spazierfahrt" mit einem römischen Taxifahrer. Ich hörte ihr gern zu, hatte mich jedoch auf den Verkehr zu konzentrieren, der zusehends stärker geworden war. Außerdem hatte es kräftig zu regnen angefangen. Es ging nicht mehr so zügig voran, wie ich es mir erhofft hatte. Hinter mir war es still geworden. War die alte Dame eingeschlafen? Nein, sie hatte sich in irgendeine Lektüre vertieft, die sie mit einem Stift in der Hand durcharbeitete. „Umso besser", dachte ich, denn ein Blick auf die Uhr ließ es ratsam erscheinen, auf den versprochenen Zwischenstopp zu verzichten.

Der Regen nahm an Stärke zu, es goss nun in Strömen. „Was für ein scheußliches Wetter", hörte ich die alte Dame sagen, „und zu dunkel, um zu lesen. Vielleicht lohnt es sich noch, ein wenig Schlaf nachzuholen". Ich erklärte, wir sähen gleich den Limburger Dom. Und in guter Absicht sie zu trösten setzte ich etwas töricht hinzu: „Auf Regen folgt Sonne!"

Doch was bald darauf folgte, war ein Wolkenbruch, wie ich ihn noch nie erlebt hatte. So heftig, dass die Scheibenwischer die Wassermassen nicht bewältigten. Man konnte durch die Frontscheibe kaum noch etwas erkennen außer den vibrierenden Scheinwerfer-lichtern und Rückleuchten. Der gesamte Verkehr kam in dieser Sintflut immer wieder vorübergehend ins Stocken. Auch ich sah mich genötigt, öfters kräftig auf die Bremse zu treten.

Ein erneuter Blick auf die Uhr: Wir kamen nicht schnell genug voran. Ich wurde nervös. Der Regen ließ etwas nach. „Die Autobahn" dachte ich, „wie ein Fluss". Bei erster Gelegenheit gab ich Gas, wollte den Lastwagen vor mir überholen. Und dann spürte ich, wie mein Wagen sich selbständig machte und begann mit hoher Geschwindigkeit über die regennasse Straße zu gleiten. Bremsen – nicht möglich. Lenken nicht möglich. Ein Schrecken durchfuhr mich, ein Gefühl der Hilflosigkeit, des Ausgeliefertseins ergriff mich. Intuitiv war mir die Alternative bewusst: entweder Zusammenstoß mit dem Lastwagen oder mit der Leitplanke.

Wie ein Katapult flog der Wagen in die Einfahrt zu einem Rastplatz, auf dem er zum Stehen kam.

Alles hatte nur wenige Sekunden gedauert. Ich war ganz benommen, lehnte mich zurück und saß einfach stumm da. Wir waren davongekommen, vielleicht sogar mit dem Leben davongekommen. Welch guten Schutzengel hatten wir! Gerade da, wo der Wagen, über den ich jegliche Gewalt verloren hatte, plötzlich ausgebrochen war, befand sich kein Hindernis: kein Lastwagen, keine Leitplanke, keine Böschung, kein Graben, sondern die Einfahrt zu einem Rastplatz.

Die alte Dame beugte sich nach vorn, ihr Kopf war dem meinem ganz nah. Ganz gelassen fragte Sie „Sagen Sie, junger Mann, war das Aquaplaning[6]?"

Das Flugzeug in Frankfurt hat sie mühelos erreicht.

---

[6] Wasserglätte (Duden 1996)

Wilhelm I

Die Urlaubszeit ist für uns Taxifahrer eine Saure-Gurken-Zeit. Da gibt es weniger für uns zu tun. Deshalb war es schon ein besonderes Glück, dass ich gerade in dieser mageren Zeit einen meiner besten Kunden gewann. Und das geschah so:

In einer lauen Sommernacht stand ich mit etlichen Kollegen am Friedensplatz. Wir wollten uns mit allerlei Gesprächen die Wartezeit vertreiben. Es gab einfach nichts zu tun für uns. Gegen drei Uhr trat ein Mann zu unserer Gruppe und unterbreitete uns einen etwas sonderbaren Vorschlag. Er wollte bis sechs Uhr also drei Stunden, spazieren gefahren werden und bot dafür 300 Mark. Das hörte sich nicht schlecht an, aber die Sache hatte einen Haken. Die Bezahlung sollte erst bei Ende der Fahrt erfolgen. Keiner meiner Kollegen wollte sich auf dieses suspekte Angebot einlassen. „Nö, das mache ich nicht" wies ihn einer kategorisch ab. „Nur gegen Vorkasse", meinte ein weiterer. „Wenn Du jetzt kein Geld bei Dir hast, woher soll es um sechs Uhr kommen?", wandte der nächste ein.

Nun gut, sonderlich vertrauenswürdig sah der Mann nicht aus: hager, fast ein wenig kränklich, unrasiert, seine Kleidung war fast schäbig zu nennen, mit abgetragenem Jackett, ausgebeulter Hose und einem arg zerknitterten Hemd. Auch ich hatte ein ungutes Gefühl, dachte: „Wer weiß, vielleicht so ein Spinner, der schwer durch die Nacht kommt, das Alleinsein nicht erträgt". Da ist Vorsicht geboten, will man nicht draufzahlen.

Andererseits wollte ich nach der langen Warterei sein Angebot auch nicht rundweg abschlagen. Auf meine Frage, wo er denn wohne, bekam ich zur Antwort „Am Römerlager". „Keine schlechte Adresse", überlegte ich, „eigentlich sogar eine gute". Daraufhin erklärte ich ihm: „Ich benötige irgendeine Sicherheit, wenn ich Sie fahre". Zu meiner Überraschung meinte er: „Das ist eine gute Idee".

Die ironischen Bemerkungen und die eindeutig zweideutigen Gesten meiner Kollegen ignorierend, öffnete ich die Tür meines Wagens: „Bitte, steigen Sie ein!" Also zuerst zu seiner Wohnung. Ich schaute mich darin verstohlen um. In schlichten Regalen standen viele Bücher, an den Wänden hingen viele Bilder. Kam mir vertraut vor, von daheim, auch dieses milde Chaos.

Auch er schaute sich um, wies auf ein Uher-Tonbandgerät und einen kleinen tragbaren Fernseher. Ich hätte gern darauf verzichtet, merkte jedoch, dass ich ihn enttäuscht hätte, wenn ich mich nicht an unsere Abmachung hielte. Wir packten die Geräte in den Kofferraum.

„Nun stehe ich Ihnen zur Verfügung. Wohin soll es denn gehen?" Er nannte kein Ziel, sagte nur: „Fahren Sie einfach los".Das tat ich. Er hatte kein Ziel, unterbrach sein Schweigen zwar hin und wieder, um mir eine Richtung anzugeben, aber eigentlich fuhren wir ziellos durch die nächtliche Stadt. Mir wurde bald klar. Wir fuhren nach Nirgendwo oder Irgendwo. Daher schlug ich vor, erst einmal im Nachtcafé „Igel" in der Fürstenstraße, das bis 5 Uhr geöffnet hatte, einen Kaffee zu trinken. Dort könnten wir in Ruhe alles Weitere besprechen. Er willigte freudig ein. „Aber statt Kaffee hätte ich lieber ein Bier". Auch gut. Er hatte tatsächlich keinen Groschen bei sich, nahm meine Einladung ohne Ziererei an. Nach wie vor war er recht wortkarg. Und ich hielt mich, trotz einer gewissen Neugier, an meine bewährte Regel: Nicht ich, sondern der Kunde bestimmt das Thema der Unterhaltung. So drehte sich unser Gespräch um recht belanglose Dinge, bis er mich ganz unvermittelt fragte:

„Kennen Sie Hölderlin?" Darauf war ich nun wirklich nicht vorbereitet, mir wurde ein bisschen mulmig, und ich stammelte nur: „Das ist doch ein deutscher Dichter. Ich habe noch nie etwas von ihm gelesen".

Er begann ein Gedicht zu zitieren:

„Heidelberg.
Lange lieb ich dich schon, möchte dich, mir zur Lust,
Mutter nennen, und dir schenken ein kunstloses Lied,
Du der Vaterlandsstädte
Ländlich schönste, soviel ich sah".

Ich wusste nicht recht, was ich sagen sollte. Darum sagte ich nichts. Gedichte – offen gesagt – waren nicht mein Ding. Und dann noch Hölderlin. Trotzdem wie er das Gedicht vortrug, gefiel mir.

Vielleicht spürte er meine Verlegenheit. Und dann erzählte er von Heidelberg, der Stadt, die ihm wohl viel bedeutete.

Gegen 5 Uhr machte er mir plötzlich den Vorschlag, mir weitere 100 Mark zu geben, wenn ich ihn auf den Kreuzberg zur Frühmesse fahre. Nach dem gemeinsamen Besuch des Gottesdienstes dirigierte er mich in die Südstadt, ließ mich dort vor einer Arztpraxis warten. Nachdem er mich bezahlt hatte, fuhren wir zu seiner Wohnung. Gemeinsam trugen wir die Geräte wieder zurück. Ehe wir uns trennten, bat er mich um meine Telefonnummer, die ich ihm gerne gab.

Wilhelm II

Es dauerte nicht lange, da kam sein erster Anruf, dem viele weitere folgten. Monatelang ging es dann immer in die Eifel, in seinen Heimatort in der Nähe von Daun. Bei unserer ersten Fahrt, hatte ich das Dorf allerdings nicht finden können. Er selbst konnte mir nicht helfen, leitete mich sogar falsch. Auch von Kollegen hörte ich, er habe ihnen den Weg zu seinem Dorf nicht weisen können. „Dat Kaff jietet et janit", mutmaßten sie. Doch das Kaff gab es, ich hatte mich kundig gemacht, es hatte sogar eine Kneipe, die wir immer als erstes ansteuerten. Da hieß es dann immer: „Ach, Wilhelm, schön, dass du da bist!"

Gerne hat er eine Runde Bier ausgegeben. Im Ort – schien mir – kannte ihn jeder, und er kannte jeden. Er lebte auf, ließ sich auf manches kindliche Spiel ein, ließ sich z.B. einmal von jungen Männern mit der Schubkarre durchs Dorf fahren. Mehrmals überlegte ich, ob ich einschreiten müsse, aber merkte: Es ist alles in Ordnung. Sie spielten mit ihm, trieben kein Spiel mit ihm.

Anfangs dachte ich: Er ist auch so ein Sonderling, wie so viele, mit denen ich in meinem Beruf in Berührung kam. Eben ein eigenartiger Typ, etwas neben der Kappe, wie wir schnoddrig untereinander zu sagen pflegten. Ja, an ihm war manches unberechenbar. Da waren nicht nur die für mich meist unerklärlichen Stimmungs-schwankungen, sondern auch sein plötzliches unartikuliertes Geschrei. Das machte den Umgang mit ihm nicht immer leicht. Aber niemals wurde er aggressiv. So lernte ich mit der Zeit, damit umzugehen, konnte mir auch einiges erklären. Zu den Alkoholikern, mit denen ich natürlich viel zu tun bekam, gehörte er bestimmt nicht, nicht einmal zu jenen, die ab und zu mal zu tief ins Glas schauten. Ich hatte bemerkt, dass er öfters Tabletten zu sich nahm. In Verbindung mit Alkohol bewirkten diese wohl, dass er völlig ausrasten konnte. Nun trank er gerne ein oder zwei Glas Bier. Wie sollte ich ihm das gänzlich verwehren.

Natürlich freute ich mich, in ihm nicht nur einen festen, sondern auch großzügigen Kunden zu haben. Aber der sichere Verdienst stand nicht allein im Mittelpunkt. Die Eifelfahrten waren mir selbst auch lieb, denn ich liebe die Eifel. Er bediente sich meiner, bei seinen Reisen in seine Vergangenheit, von der ich nur weniges erfahren habe.

Er hatte zu mir ein starkes Vertrauen gefasst, das ich auf keinen Fall enttäuschen und schon gar nicht ausnutzen wollte. Man musste immer damit rechnen, dass etwas Unerwartetes, manchmal auch Peinliches passierte.

Auf der Rückfahrt aus der Eifel, es war stockdunkel, bestimmt an die 6-7 Minusgrad, fing er an zu schreien: „Ich will sterben!" Ich suchte, ihn durch Worte zu beruhigen, hoffte, ihn ablenken zu können. Aber es war schließlich etwas anderes, das ihn das Schreien einstellen ließ. Er gab mir zu verstehen, dass ich sofort halten müsse, weil er austreten müsse.

So fuhr ich rechts ran. Er kletterte über die Leitplanke, machte ein paar Schritte und stürzte ab. Er rief um Hilfe, rief meinen Namen, dann nur noch Wimmern, wie ein kleines Kind. Ich bekam einen Riesenschrecken, stürzte aus dem Taxi und kletterte den relativ steilen Abhang hinunter, den ich leider beim Halten nicht registriert hatte.

Dort unten lag er. Erleichtert stellte ich fest, dass er sich nichts gebrochen hatte. Was machte es da schon, dass er sich durch den Schreck des plötzlichen Sturzes nicht nur erbrochen, sondern sich auch sonst in jeglicher Weise besudelt hatte. Er wimmerte ganz hilflos: „Christoph, hilf mir".

Es dauerte eine geraume Weile, bis ich ihn aufgerichtet und bis zur Straße hochgezogen hatte. In seinem Zustand konnte ich ihn nicht in den Wagen setzen. Er musste erst einmal notdürftig gereinigt werden. Ich lehnte ihn – sonst wäre er umgefallen – an den Kofferraumdeckel. Mit den mir zur Verfügung stehenden Utensilien, nämlich Küchenrollen und Fensterputzspray, begann ich nun, ihn zu reinigen. Er tat mir herzlich leid, wie er da zwar kläglich jammernd doch zugleich ganz ergeben geduldig und ohne Widerspruch meine ungewöhnliche Reinigungsprozedur über sich ergehen ließ.

Alles sollte bei der Kälte rasch vonstattengehen. Aber ich musste mich immer wieder einige Schritte entfernen, musste tief Luft holen, weil ich zu würgen begann. Einige Male fuhren Autos vorbei, doch keines hielt. Welch ein Anblick: da lehnte ein Mann mit heruntergezogener Hose am Kofferraum eines parkenden Taxis, ein zweiter machte sich an ihm zu schaffen. Ich war froh, dass sie nicht anhielten. Wie hätten sie mir helfen können, und ihn hätten sie lediglich beschämt.

Endlich konnte ich ihm die Hosen hochziehen, wozu er, trotz meiner Bitte nicht fähig war.

Zuletzt legte ich die Fußmatten auf den Rücksitz und setzte ihn darauf. Wir fuhren nach Bonn. Dort schleppte ich ihn die Treppe zu seiner Wohnung hinauf. Bevor ich ihn verließ hörte ich ihn zu meiner Erleichterung sagen: „Danke, Christoph!"

Über diese abenteuerliche Heimfahrt haben wir kein Wort mehr verloren. Wir haben noch etliche schöne Fahrten in die Eifel unternommen. In der Klosterkirche Maria Laach, rief er plötzlich in den Gesang der Mönche hinein immer wieder „Ich bin der Fürchtegott!" Alle Besucher drehten sich um und schauten mich an. In meiner Pein verließ ich die Kirche und hörte ihn noch schreien: „Christoph! Komm her!"

Auch in Heidelberg waren wir, wo er studiert hatte.

Und dann rief er mich nicht mehr an. Ich verlor ihn ganz aus den Augen. Irgendwann hörte ich, dass er entmündigt worden sei. Da erinnerte ich mich, wie er mir von Hölderlin erzählt hatte, der die Hälfte seines Lebens als unheilbar geistig krank in der Obhut einer Schreinerfamilie in einem Turm am Neckarufer verbrachte.

Ich bin noch heute im Besitz eines Buches, das Wilhelm mir geschenkt hat, ein Buch von Heidegger[7] Für mich ein Buch mit sieben Siegeln.

---

[7] Martin Heidegger, Philosoph

Alois

Den Alois, den habe ich im Club 56 kennengelernt. Er ist mir aufgefallen, weil er sehr viel Geld ausgegeben hat. Nun ja, das taten dort nicht wenige, aber: Nach viel Geld sah er eigentlich nicht aus, der Alois. Und er legte keinerlei Wert darauf, seinen „Reichtum" durch Äußerlichkeiten entweder raffiniert diskret zu zeigen oder auf protzige Weise zur Schau zu stellen wie manch anderer. Eigentlich passte er gar nicht in dieses Milieu. Schon seine äußere Erscheinung – nichts Besonderes, ja er war höchst unscheinbar: geringe Größe, eher hager, ein freundliches Allerweltsgesicht. Er trug stets einen Anzug mit Krawatte, beides schon aus der Mode gekommen, ein ganz klein wenig verschlissen, doch immer gepflegt.

Dass er die 60 längst überschritten hatte, konnte und wollte er nicht verbergen. Man sah ihm an, dass er in seinem Leben viel gearbeitet hatte, trotz einer Kriegsverletzung. Er zog ein Bein nach – war in jungen Jahren auf dem Feld von einem Flieger beschossen worden. Er sah immer noch aus wie ein Bauer, wie ein Bauer im Sonntagsstaat. „Ich bin ne Bur", pflegte er sich selbst immer wieder zu bezeichnen. Seinen Hof in der Eifel hatte er wohl schon vor längerer Zeit aufgegeben. Es muss ein stattliches Anwesen gewesen sein, denn voller Stolz erzählte er, dass er 40 Kühe besessen hätte. Dennoch war mir schleierhaft, woher er noch immer so viel Geld zum Verpulvern hatte.

Weiß der Teufel, was ihn in diesen „Club" verschlagen hatte, aber er gehörte dazu und freute sich dazuzugehören. Um dazu zu gehören, bedurfte es jedoch vorzüglich einer Eigenschaft. Man musste spendabel sein. Und das war Alois, das machte ihm Vergnügen und wohl auch, dass er sich leisten konnte, spendabel zu sein. Nicht nur den Damen des Hauses gab er reichlich Champagner aus, sondern lud gerne auch alle Taxifahrer ein. Auch mit Geldgeschenken war er nicht kleinlich. Dabei hatte seine Großzügigkeit nichts Gönnerhaftes. An Selbstbewusstsein mangelte es Alois jedoch nicht. So wiederholte er gerne: „Ich bin de einzigste Mann in Deutschland, der uff sine Rente verzichtet hät". Überhaupt hielt er gerne kleine Reden, was er tun würde, wenn er in Deutschland das Sagen hätte. Da kam manches zum Vorschein, bei dem man hätte widersprechen müssen. Aber niemand widersprach, weil man ihn nicht ernst nahm und nie ganz sicher war, ob er es ernst meinte. Einmal fragte er, ob er eine Partei gründen könne. Und alle versicherten ihm einmütig: „Alois, wir wählen dich alle". Alle mochten ihn.

Als ich Alois zum ersten Mal heimfuhr, ließ er sich zur Biskuithalle fahren. Dort wohnte er in einem zum Wohnwagen umgebauten Bauwagen. Bei Veranstaltungen hatte er die Garderobe unter sich und versah kleinere Hausmeistertätigkeiten. Danach verdiente er auf Jahr- und Flohmärkten mit Toilettenwagen gutes Geld, später arbeitete er als Nachtportier in einer Tiefgarage. Da lebte er schon länger in einer Mietwohnung am Rheinufer. Damals habe ich Alois, der gerne trank, aber auch Geselligkeit suchte, oft von der nahe gelegenen „Theaterklause" heimgefahren.

Auch hier gehörte er zu den Stammgästen, auch hier kannte man ihn, hörte sich mit Wohlwollen seine forschen Sprüche und Reden an und freute sich über seine Freigiebigkeit. Uns Taxifahrer hatte er besonders ins Herz geschlossen, aber wehe, wenn er auf einen Beamten traf, dann konnte er richtig loslegen, konnte rundheraus erklären, was er von denen hielt. Je älter er wurde, desto kurioser wurden seine Reden. Aber man nahm es mit Humor.

Mit der Zeit machten sich bei Alois Altersbeschwerden bemerkbar. Wenn ich ihn zu später Stunde nach Hause fuhr, erhielt ich vom Wirt diskret einen dicken Stapel Zeitungen, um den Sitz in meinem Taxi zu schonen. Und gerne habe ich ihm geholfen, die steile Treppe zu erklimmen und ihn in seine Wohnung zu begleiten.

Als ich sie zum ersten Mal betrat, bleib ich überrascht stehen: Uhren, überall Uhren, an den Wänden, auf jedem Möbel. Es mochten an die fünfzig gewesen sein. Diesen Tick-Tack-Kanon hätte ich nicht lange ausgehalten, weniger noch das laute unharmonische Durcheinander

der Gongs und vielen anderen Schlägen. Doch Alois liebte und sammelte Uhren. Dank seiner Fürsorge waren sie fast alle „lebendig".

Es gab noch eine zweite, noch größere Überraschung. Alois zeigte mir im Badezimmer die mit Kleingeld angefüllte Badewanne. Ich erschrak – schließlich komme ich vom Bau, da habe ich auch einiges über Statik gelernt. Doch dann dachte ich auch an ein Bild aus dem Micky Maus-Heft meiner Kindheit, das mir großen Eindruck gemacht hatte: Onkel Dagobert Duck, wie er quietschvergnügt in seinem Geld badet. Auf meine Bemerkung, „Du badest, du schwimmst ja in Geld" schilderte Alois, wie schwer es sei, so eine große Menge Hartgeld umzutauschen. Als wir Alois Jahre später in einer geschlossenen Anstalt besuchten, hat er mich nicht mehr erkannt. „Du bist der Milchmann" begrüßte er mich, fährst du die Milch noch?"

Alois, dieser liebenswerte Spinner, er fehlte uns. Sein Bild in der „Theaterklause" erinnert an ihn. Darunter sein Leitspruch „Schrott bleibt Schrott und wird immer Schrott bleiben".

Nachtschwärmer

Es kommt zuweilen vor, dass sich zwischen dem Taxifahrer und einem häufigen Fahrgast mit der Zeit ein ganz eigenes Verhältnis entwickelt. Mit manchen von ihnen habe ich auch später noch Verbindung gehalten, einige sogar in einer geschlossenen Abteilung besucht.

Eine Autopanne war es, durch die ich die Begegnung mit einem dieser nächtlichen Kunden verdankte. Ich hatte ihn bei einer Rückfahrt nach Bonn buchstäblich vom Straßenrand aufgelesen. Auf meinen Vorschlag, den ADAC zu benachrichtigen, ließ er sich nicht ein, sondern bat mich, ihn sogleich nach Hause zu fahren.

Es besaß ein schönes Haus mit großem Garten in Swisttal. Seiner Einladung, mit ihm noch einen Kaffee zu trinken, kam ich gerne nach. Er stellte sich mir als Dr. Otto R. vor, von Beruf Physiker, aber nun schon länger pensioniert. Wir fachsimpelten über Autos und über Dies und Das. Beim Abschied bat er mich um meine Telefonnummer.

Seitdem ließ er sich häufig nachts von mir lange, doch meist ziellos, durch die Gegend fahren. Manchmal schweigsam, manchmal unentwegt Selbstgespräche haltend. Ich lernte bald, mich darauf einzustellen. Hin und wieder gelang es mir, ihn aber auch zu einem für mich stets unterhaltsamen Gespräch zu verführen. Er gehörte eben zu diesen ganz besonderen Nachtschwärmern, denen man als Nachtfahrer gar nicht so selten begegnet.

Mit der Zeit wurde er jedoch immer eigenartiger. So fuchtelte er plötzlich mit einer Pistole herum. Es sei nur eine Schreckschusspistole, erklärte er mir, die er aber zu seinem Schutz bräuchte.

Als ich ihn wieder einmal zum nächtlichen Ausflug abholen sollte, bin ich arg auf die Schnauze gefallen. Er hatte über den Weg zu seinem Haus einen Stolperdraht gespannt, für die, die ihn „holen wollten".

Zuletzt rief er mich ständig auch tagsüber an. Die Anzahl der Anrufe steigerten sich regelrecht zum Telefonterror.

Eines Tages kamen wieder etliche Anrufe, Verärgert habe ich ihn schließlich ziemlich barsch zurückgewiesen: „Du hast einen an der

Waffel!" Beim erneuten Anruf schloss ich: „Du hast einen Riss in der Schüssel!" Kurz danach klingelte das Telefon wieder. Wütend griff ich zum Hörer und vernahm: „Hier ist der Mann, der die Waffel in der Schüssel hat".

Die Besserwisserin

Am Halteplatz Friedensplatz stieg eine Frau ins Taxi, plumpste auf den hinteren Sitz und sagte, nein, befahl mir fast: „Zum Hotel Esplanade in der Colmantstraße". Ich fuhr los, nahm den üblichen, den kürzesten Weg. Als wir über die Viktoria-Brücke fuhren, fing die Dame hinter mir an zu schimpfen: „So eine Frechheit, ich kenne mich zwar in Bonn nicht aus, aber auf der Hinfahrt ist Ihr Kollege ganz anders gefahren, und ganz sicher nicht wie Sie über den Rhein".

Über den Rhein? Ich übte mich in Geduld, hielt mich bedeckt. Natürlich hatte der Kollege eine andere Strecke genommen, nämlich die Unterführung Für die Rückfahrt verkehrstechnisch unmöglich. „Zetere nur weiter", dachte ich. „Sie denken wohl, mit mir können Sie das machen, aber ich werde mich beschweren". Nach einigen Minuten waren wir am Ziel. Die gute Dame hatte sich so in Rage geredet, dass sie es gar nicht bemerkte. „Sie denken wohl, Sie können mich abzocken, da haben Sie sich aber geirrt", fauchte sie. „Hotel Esplanade, Colmantstraße", unterbrach ich ihren Redestrom sehr ruhig, „Endstation!" Ich nannte der verdatterten Frau den Fahrpreis, der lediglich um einige Cents von dem für die Hinfahrt bezahlten abwich.

Während sie ihr Portemonnaie hervorkramte, klärte ich sie auf: „Wir sind über die Viktoria-Brücke gefahren, die etliche Gleise überquert, nicht aber den Rhein, dazu hätte, die Brücke ein gutes Stück länger sein müssen. Außer dem Fahrpreis erhielt ich ein gutes Trinkgeld und eine wortreiche Entschuldigung.

Die Nervensäge

Ein älterer Herr im Lodenmantel und dazu passender Kopfbedeckung – fast ein bisschen Jägersmann – verließ das Lokal. Ich holte tief Luft. Ach ja, den kannte ich. Ich wusste, wo er wohnte, denn ich hatte ihn schon öfter nach Hause gefahren. Ich wusste auch, was mich erwartete. Es war jedoch eine gute, eine lohnende Fahrt. Also öffnete ich die Tür meiner Taxe und hieß ihn freundlich willkommen: „Sie müssen in die Gotenstraße, Nummer X. Dort, wo der Baum steht, nicht wahr?"

„Ja" antwortete er, „ich zeige es Ihnen. Mnjam, mnjam". Es ging los. Und er zeigte es mir. „Erst mal geradeaus, bis zum Stoppschild, dort halten. Mnjam, mnjam. Jetzt links abbiegen. Ja. Mnjam, mnjam" Ich fuhr geradeaus, bis zum Stoppschild, wo ich hielt, bog dann links ab. „Die Ampel ist rot, ach nein schon gelb. Ach, jetzt ist sie grün. Mnjam, mnjam. Sie dürfen weiterfahren. Mnjam, mnjam". Ich näherte mich der Ampel, noch rot, dann gelb, dann grün.

So fuhr ich weiter. „Achtung, ein Fußgänger! Mnjam, mnjam". Ich bremste für den Fußgänger, der eilig die Straße überquerte. „Links einbiegen. Mnjam, mnjam". Ich bog links ein. Mit derlei Hinweisen, Erläuterungen und Anweisungen lotste mich mein Jägersmann zur Gotenstraße. Er kommentierte jedes Verkehrsschild, jede Ampel, er kommentierte alles.

„Wo der Baum steht, da wohnen Sie, nicht wahr?" „Ja, wo der Baum steht, da wohne ich, mnjam, mnjam, da halten Sie". Ich hielt, wohl wissend, welches Ritual nun folgte: Er schaute aufs Taxameter, gab mir den Geldschein, ließ sich das Wechselgeld herausgeben, reichte mir dankend einen 5-Euro-Schein und stieg aus.

Immer wieder habe ich diesen Herrn im Auto gehabt und nicht selten gedacht: „Halt einfach die Klappe! Ich weiß, wo Du wohnst". Als Taxifahrer kenne ich den Weg dorthin, hab' ihn auch schon zig Mal unter seiner Leitung fahren dürfen. Dass die Ampel Rot und nicht Grün zeigt, sehe ich auch. Du darfst einem Taxifahrer auch die

Kenntnis der Straßenschilder zutrauen. Nichts von alledem habe ich je gesagt. Als erfahrener Taxifahrer schweigt man.

Aber was, um Himmels Willen, bedeutete dieses ewige „mnjam, mnjam?"

Taxi-Morde

Ich denke, jeder Taxifahrer, der von dem gewaltsamen Tod eines Kollegen erfährt, ist schockiert und betroffen, Da ist nicht nur die Trauer um einen Kollegen, sondern es taucht fast zwangsläufig die Frage auf: Hätte es nicht auch mich treffen können?

Während meiner Zeit als Taxifahrer gab es in Bonn zwei Taximorde. Als ich in der Nacht über Funk hörte, dass man einen Kollegen in seinem Wagen im Wohnpark Pappelweg in Niederpleis erschossen aufgefunden hatte, ist es mir ganz besonders nahegegangen. Denn einige Stunden zuvor – ich hatte gerade ein wenig missmutig und lustlos meinen Dienst angetreten – fragte mich ein Aushilfsfahrer, wohl ein Student, nach der Gaststätte „Kleine Beethovenhalle". Und ich habe ihm ziemlich barsch Auskunft gegeben. Das war unser einziger Kontakt. Wenige Stunden später lebte er nicht mehr. Wie sehr habe ich mir später gewünscht, dass ich ihm freundlich Bescheid gegeben hätte.

Die näheren Umstände seines Todes erfuhren wir erst am folgenden Tag. Ein Pärchen hatte das Taxi mit zwei vermeintlich Verletzten entdeckt, lief zu einer Telefonzelle und meldete dies der Polizei. Zur Unfallstelle zurückgekehrt, stellte es fest, dass nur noch eine Person im Wagen hinter dem Steuer saß, offensichtlich erschossen von dem Verschwundenen.

Die Ermittlungen der Polizei führten schnell zum Täter. Den entscheidenden Hinweis auf ihn konnte zu unserer Genugtuung ein Kollege, der die Sechs Drei fuhr, geben. Er hatte ihn Tage zuvor zusammen mit zwei Freunden nach Niederpleis ganz in die Nähe des Tatorts gefahren.

Zum Gerichtstermin sind viele Taxifahrer gekommen. Wir trafen uns zuvor zum gemeinsamen Frühstück in der Gaststätte Tondorf, hatten einfach das Bedürfnis zusammen zu sein, sich über unseren ermordeten Kollegen auszutauschen.

Wir waren zufrieden, dass der Richter Quirini, der allgemein als „scharf" galt, den Vorsitz bei der Gerichtsverhandlung hatte. Das Urteil lautete auf 5 Jahre wegen Vollrausch. Das erschien vielen von uns als nicht angemessen, was wir auch lautstark kundtaten.

Etwa 12 Jahre später geschah wieder ein Taxifahrermord, wieder handelte es sich bei dem Opfer um einen Studenten. Er wurde in Hersel, in einer hell erleuchteten, von Häusern gesäumten Straße am frühen Abend durch zahlreiche Messerstichen getötet. Trotz aller Bemühungen der Polizei, auch diesen Fall aufzuklären, wurde der Täter nicht gefunden. In beiden Fällen handelte es sich nicht um Raubmord, wie übrigens auch bei einem früheren Bonner Taximord.

Zu den Beerdigungen in Bonn-Ippendorf und Remscheid kamen sehr viele Taxen aus der ganzen Bundesrepublik, alle mit Trauerflor an der Antenne. Wir Bonner fuhren in Kolonne, von Polizeiwagen mit Blaulicht begleitet.

Selbstjustiz oder falscher Alarm

Einige Wochen nach dem Mord an dem jungen Bonner Taxifahrer, die Gemüter wegen des für uns zu milden Urteils hatten sich noch nicht beruhigt, stand ich am Halteplatz „Schule-Endenich" und wartete auf einen Fahrgast. Ich nahm gerade einen Zettel zur Hand, um die Wartezeit mit einer „Gefüllten Kalbsbrust"[8] zu verkürzen, als ich über Funk die angstvolle Stimme eines Kollegen vernahm: „Hilfe!"

Mich durchfuhr ein ungeheurer Schrecken. „Wer? Wo?", wollte ich wissen. Nichts! Kein Laut! Dann wieder, immer wieder: „Hilfe! Aua!" Ich schrie fast: „Wo? Sag´ doch wo!" Die Stimme rief mehrmals gellend um Hilfe und setzte nun hinzu: „Autobahn Richtung Köln!" Endlich! Ich fuhr los. Die Zentrale schaltete sich ein, nannte das Kennzeichen des Taxis und forderte alle Taxifahrer auf, sofort los zu fahren und dem Bedrohten Hilfe zu leisten.

Ein kräftiger Kollege, der sich mit seinem schnelleren Benziner Ford Consul zu dem Zeitpunkt am Bonner Verteilerkreis aufhielt, entdeckte das Notruf-Taxi als erster.

Kurz vor dem ehemaligen Parkplatz Eichholz auf der A 555 brachte er den Wagen zum Stehen, indem er sich vor ihn setzte und ihn ausbremste.

Dann ging alles ganz schnell: er stürmte zu dem Taxi, riss die Beifahrertür auf, zerrte den Mann neben dem Fahrer aus dem Wagen und warf ihn zu Boden. Zwei dazugekommene Kollegen halfen, den sich unbeholfen wehrenden „Täter" festzuhalten und verpassten ihm eine Abreibung. Zu diesem Zeitpunkt kam ich an den Ort des Geschehens. Mir fiel ein Stein vom Herzen. Keine meiner schlimmen Befürchtungen war eingetreten. Der angegriffene Aushilfsfahrer, ein Student, hatte tatsächlich um sein Leben gebangt. „Jetzt ich" mag er gedacht haben, als er seinen ermordeten Kommilitonen vor Augen

---

[8] "Gefüllte Kalbsbrust" – Spiel: Aus den Buchstaben eines vorgegebenen Wortes sind neue Wörter zu bilden. Sieger ist, wer in einer festgelegten Zeit die meisten gefunden hat.

sah, wie er in höchster Not um Hilfe schrie. Er war noch völlig verstört und kaum ansprechbar.

Nach und nach waren an die 40 Taxifahrer mit ihren Wagen eingetroffen. Sie alle waren wie ich durch den Hilferuf alarmiert und sehr aufgebracht. Ihre Wut richtete sich gegen den schon am Boden liegenden Mann, in dem sie gewiss auch unter dem noch frischen Eindruck der Ermordung ihres Taxifahrer-Kollegen einen gefährlichen Verbrecher vermuteten, der außer Gefecht gesetzt werden musste. Dass er schon außer Gefecht gesetzt worden war, wollte manch einer nicht zur Kenntnis nehmen und begnügte sich nicht mit einer verbalen Attacke sondern wurde handgreiflich.

Die aufgestaute Wut entlud sich: Ein erster Fußtritt traf den am Boden liegenden Burschen. Der Fahrer, der als erster eingetroffen war, registrierte, wie ich sofort, dass da etwas aus dem Ruder zu laufen drohte, dem Einhalt geboten werden musste. Wir verständigten uns wortlos. Und zum Glück erkannten einige Besonnene ebenfalls die Notwendigkeit, den Mann zu schützen. Wir umringten den Liegenden, und es gelang uns, mit beruhigenden aber auch sehr deutlichen Worten sowie Drohgebärden, die wütende Meute zu hindern, über ihn herzufallen. Als die Polizei erschien und den offensichtlich nicht ganz nüchternen und völlig verängstigten Fahrgast, der das Geschehen gar nicht begreifen konnte, in Gewahrsam nahm, waren wir erleichtert.

Schließlich wandte sich ein Polizist an uns Taxifahrer: „Meine Herren, hier gibt es nichts mehr für Sie zu tun, bitte machen Sie die Autobahn schleunigst wieder frei". So stiegen an die 40 Taxifahrer in ihre auf dem Standstreifen und der dritten Spur abgestellten Taxen und die Kolonne setzte sich in Bewegung.

Was war wirklich geschehen? Es handelte sich keineswegs um einen „Überfall", von dem wir alle, welche die Notrufe gehört hatten, ausgingen, sondern lediglich um einen törichten, letztlich auch gefährlichen Schabernack.

Der angetrunkene Fahrgast machte sich ein Vergnügen daraus, den Fahrer mit dummen, sogar bedrohlich wirkenden Bemerkungen erst einzuschüchtern, dann in Angst und schließlich in Panik zu versetzen.

Außerdem riskierte er leichtsinnig einen Unfall, als er sich handgreiflichere „Scherze" erlaubte, ihn an den Haaren zog, ihm leichte Schläge versetzte, kniff und kitzelte.

Ein erfahrener Taxifahrer hätte sich derlei Spielchen nicht gefallen lassen, hätte dem fidelen Suffkopf wohl schnell seine Grenzen aufgezeigt, ihn vielleicht sogar irgendwo „ausgesetzt".

Auf der Rückfahrt nach Bonn gingen widerstrebende Gefühle durch meinen Kopf. Einerseits war es schön, den Zusammenhalt der Kollegen zu erfahren, in dem einer für den anderen eintritt. Ein gutes Gefühl dazuzugehören. Andererseits war da doch ein Erschrecken, wie schnell es in einer Gruppe zu einem durch nichts zu rechtfertigendem Gewaltausbruch kommen kann.

Der doppelte Fränki

Einer meiner festen Kunden, hatte, wenn er, was nicht ganz selten vorkam, mal „klamm war", Kredit bei mir. Das hieß, ich fuhr ihn auf meine Kosten schon mal gratis heim. Ich konnte mich fest darauf verlassen, dass ich „mein Geld" bald wieder erhielt und ein tüchtiges Trinkgeld obendrein.

Eines frühen Abends rief er mich an und teilte mir mit, er wolle seine Schulden bezahlen, ob ich bei ihm vorbeikommen könnte. „Gern", erwiderte ich, „in zehn Minuten bin ich bei Dir".

In der Woche zuvor war das Geschäft alles andere als gut gelaufen und auch diese Schicht hatte nicht gerade verheißungsvoll begonnen. Die Aussicht auf eine größere Summe versetzte mich sogleich in bessere Stimmung. Ich freute mich auch, Fränki nach längerer Zeit wieder zu sehen. Er gehörte zu den Menschen, die einen durch ihre bloße Gegenwart aufmuntern konnten, die trübe Gedanken erst gar nicht aufkommen ließen oder verscheuchten. So fuhr ich wohlgemut zur angegebenen Adresse, zum Agnesstift, einem Altersheim, in dem er arbeitete.

Beinahe hätte ich ihn nicht erkannt, in dem weißen Kittel erschien er mir merkwürdig fremd, geradezu Respekt einflößend. Mein „Hallo, Fränki, wie geht's?", erwiderte er mit einem förmlichen „Guten Abend, Herr Triller". Herr Triller! Na sowas! „Macht er sich etwa lustig über mich?", schoss es mir durch den Kopf. Ich war aber nicht gewillt, auf dieses Spiel einzugehen. „Heh, Fränki, schön, Dich zu sehen, übrigens, wir waren doch schon lange beim Du. Chris ist mein Name". Er blieb jedoch beim Förmlichen Sie: „Bitte entschuldigen Sie, dass ich erst heute meine Schulden bei Ihnen begleiche. Das ist mir ungemein peinlich". Mit einem „Ich hoffe, es stimmt so"., überreichte er mir einige Scheine. „Sie sehen es mir bitte nach, aber ich muss wieder zu meiner Arbeit. Auf Wiedersehen, Herr Triller". Ganz verdattert nahm ich das Geld, bedankte und verabschiedete mich und fuhr von dannen. Was war das denn? Was war denn das für ein Theater? Und vor allem: WER war das denn? Ein Zwilling? Ein Doppelgänger? Unsinn!

Natürlich war das Fränki! Aber nicht der Fränki, wie ich ihn seit langem kannte. Der war nicht so kurz angebunden, sondern red- und leutselig, der war alles andere als steif, sondern locker, redete nie so geschwollen, sondern frisch drauf los wie ihm der Schnabel gewachsen ist. Und niemals hatte ich „meinen Fränki" in einem weißen Kittel gesehen, so wie er mich sicher nicht im dunklem Anzug mit Krawatte und Einstecktuch. Fränki war stets chic gekleidet, wenn auch leger. Legerer Chic.

War er mit dem weißen Kittel in eine andere Rolle geschlüpft?

Ich kannte nur den nächtlichen Fränki, den Kneipengänger, derjenige der seiner verantwortungsvollen Arbeit nachging, kannte ich nicht. So kam ich zu dem Schluss, dass er sich über mich weder lustig machen wollte noch Theater spielte.

Apropos Theater. Da erinnere ich mich an eine Vorstellung, ganz anderer Art, die der andere Fränki mir einmal bot. Als ich ihn wieder einmal nach einer feucht-fröhlichen Nacht nach Hause fuhr, bat er mich, bei der Commerzbank zu halten. Er sei nämlich völlig Pleite. „Du kannst ruhig die Uhr laufen lassen, bin gleich zurück"., sagte er und verschwand im verglasten Vorraum der Bank. Ich schaute ihm nach, wie er sich mit unsicheren Schritten einem der Geldautomaten näherte. Und nun bot sich mir ein wahrhaft belustigendes Schauspiel, treffender gesagt eine Pantomime, denn das was dabei gesprochen wurde, hörte ich nicht. Während ich mir die Vorstellung anschaute,, überlegte ich mir einen Titel für das Ein-Mann-Stück: „Mensch und Automat", ein Spiel in zwei Akten unter der Regie von Bacchus[9].

1.Akt: Fränki stand leicht schwankend vor dem Automaten, musste sich immer wieder an diesem mit mindestens einer Hand festhalten, während er sich mit der anderen anfangs vergeblich abmühte, die Karte in den dafür vorgesehenen Schlitz zu stecken. Als er die Vergeblichkeit seines Tuns einsah, hielt er kurz inne. Es schien tatsächlich so, als wolle er sein Gegenüber mit gutem Zureden und Drohungen gefügig machen. Trotz mehrfacher Versuche gelang es

---

[9] Gott des Weines

dem Helden nicht, seinen Widersacher zur Herausgabe des Geldes zu zwingen.

Die Auseinandersetzung mit dem Automaten hatte sich allmählich zu einem richtigen Kampf entwickelt. Amüsiert schaute ich Fränki zu, wie er zusehends aufgeregter immer wilder gestikulierte, sinnlos herumfuchtelte und schließlich dem Automaten sogar heftige Schläge verpasste, die dieser mit Gleichmut über sich ergehen ließ.

Nach etwa 15 Minuten war Fränki plötzlich verschwunden. „Was ist da los?", fragte ich mich und begann nach meiner Bankkarte zu suchen.

2. Akt: Als ich den Kampfplatz betrat, war die Schlacht für Fränki bereits verloren. Er lag geschlagen auf dem gekachelten Fussboden.

Wie ein auf den Rücken gefallener Käfer bemühte er sich zwar noch immer, sich wieder aufzurappeln. Doch alle Anstrengungen waren vergebens, führten lediglich zu einem hilflosen Zappeln. Ich war ihm behilflich, wieder auf die Beine zu kommen und ins Taxi. Dort beichtete er mir zerknirscht, dass der heimtückische Automat ihm zuletzt sogar noch seine Bankkarte geraubt hatte.

Klar, dass die Heimfahrt für ihn wieder einmal „gratis" war. Darüber hinaus pumpte (s)ich Fränki eine Summe „für's Erste". Ich war ja sicher, von ihm alles mit Zinsen erstattet zu bekommen.

Nachwort: Der Vorraum der Bank war videoüberwacht. Wäre der filmreife Ausschnitt von Fränki's Kampf mit dem Geldautomaten im Fernsehen gezeigt worden, hätten die Zuschauer bestimmt ihr Vergnügen gehabt. Doch der Kommentar hätte vermutlich gelautet: Im wirklichen Leben passiert so etwas keinem.

Katzenfreunde

An Gert Fröbe erinnere ich mich besonders gern. Morgens gegen halb vier holte ich ihn bei einer Privatadresse in der Meckenheimer Allee ab. Er ließ sich zum Sternhotel am Markt fahren, das – wie mir schien – von Künstlern bevorzugt wurde. Als er aus der Türe trat und sich von seinen Gastgebern verabschiedete, habe ich ihn schon an seiner markanten Stimme erkannt. Nach einem Gruß und der Angabe des Ziels nahm er auf dem Rücksitz Platz und schwieg.

Als wir bei der kurzen Fahrt am Hauptbahnhof vorbeikamen, sagte er: „Oh, eine Stadtkatze". „Davon haben wir in Bonn viele", bemerkte ich darauf, „Sie sind gewöhnlich sehr scheu. Ich habe manchmal Futter mit".

Und ich erzählte von meiner Begegnung mit dem Kater mit der verkrüppelten Pfote am Kaiserplatz.

Wenn sich zwei Katzenliebhaber treffen, mangelt es nie am Gesprächsthema. Wir waren am Sternhotel angelangt, doch er blieb sitzen. Nach etwa 10 Minuten sagte er: „Oh, jetzt habe ich Sie aber aufgehalten. Was bekommen sie für die Fahrt und die nette Unterhaltung". Ich nannte den Fahrpreis. Er reichte mir einen Schein. „Der Rest ist für Sie, für Katzenfutter".

Monate später ein Ruf zur Meckenheimer Allee. Wer steigt ein? Gerd Fröbe, sagt: „Zum Sternhotel", stutzt, lacht und fügt dann hinzu: „Oh, das ist aber schön, der Katzenfreund".

Von den Grünen zum Gemüse

In den 1980er Jahren feierten die „Grünen" ihre Wahlparty in der Biskuithalle, die nicht nur von uns Taxifahrern schon damals die Keksdose genannt wurde. Als ich von der Zentrale gegen 5 Uhr früh dort hin gerufen wurde, erkannte ich den Fahrgast sofort: Didi Hallerforden. Er jammerte: „Die Blödmänner haben mir die ganze Nacht warmes Bier verkauft. Gibt es in diesem elenden Kaff irgendwo noch ein gepflegtes kaltes Bier?" Natürlich wusste ich, wo dieser Wunsch in Erfüllung gehen konnte. So fuhr ich ihn zur Marktschenke in der Eifelstraße. „Trinkst Du einen mit?" fragte er mich. Ich verwies auf die Null-Promille-Grenze für Taxifahrer. „Klar, aber einen Kaffee darfst Du mit mir trinken und irgendetwas zu essen, gibt es sicher auch. Ich lade Dich ein". So gingen wir gemeinsam in die Schenke und kämpften uns zur Theke durch, wo uns die Wirtsleute Heidi und Gerd herzlich begrüßten. Zu einem Kölsch ließ sich Hallerforden nicht überreden, doch das Pils, dass ihm frisch und kühl serviert wurde, genoss er sichtlich. Ich ließ mir zwei belegte Brötchen schmecken. Der Trubel und die Lautstärke um uns herum waren für ein Gespräch nicht geeignet. Dazu stand ihm, wie mir nach einer langen, durcharbeiteten Nacht auch gar nicht der Sinn. Außerdem beobachtete er ganz fasziniert das geschäftige Treiben der Markthändler hinter der großen Scheibe.

Als ich ihm schließlich sagte, ich müsse mich verabschieden, mein Tagfahrer erwarte mich, erwiderte er: „Hier schmeckt das Bier so gut und hier gefällt es mir. Ich bleibe noch ein Weilchen".

Keine Ahnung, wie lange das „Weilchen" gedauert hat.

Vater und Sohn

Restaurant Nolden. Man war dabei, die Feier zu beenden. Eine typische Familienfeier, jedes Alter war vertreten. Ich schaute mich um; überall kleine Gruppen im Gespräch, die sich hin und wieder auflösten, immer wieder neu formierten. Jeder wollte noch ein letztes Wort sagen, sich verabschieden.

„Wer von den Herrschaften hat ein Taxi bestellt?", rief ich recht laut in die Runde, um das Stimmenwirrwarr zu übertönen. „Taxi!?", wiederholte ich noch lautstärker.

Ein alter Herr kam sich stark auf seinen Stock stützend auf mich zu. Er begrüßte mich freundlich: „Ja, ich muss nach Hause, nach Leverkusen". Ein letztes Winken, dann begleitete ich ihn zur Garderobe, wo ich ihm in den endlich gefundenen Mantel half. Auch beim Einsteigen benötigte der gebrechliche Herr meine Unterstützung, die er zunächst ein bisschen widerwillig, letztlich doch dankbar annahm.

„Ich merke doch, dass ich alt werde", stellte er mit ebenso viel Bedauern wie Verdruss fest und fügte erklärend hinzu: „Leider kann ich schon mit 82 Jährchen nicht mehr so, wie ich möchte". Ich hielt dagegen: „Wie ich gesehen habe, haben Sie bis eben noch an einer großen Familienfeier teilgenommen und sind noch jetzt putzmunter. Darf ich fragen, wer oder was da gefeiert wurde?"

„Wir haben mit unserem Vater seinen Geburtstag gefeiert". Die Antwort verblüffte mich derart, dass mir mehrere Gedanken durch den Kopf schossen: Bloß ein Versprecher? Doch schon dement? Macht er Spaß? Will er mich auf den Arm nehmen? Also, wie reagieren? Er kostete meine Verwirrung eine winzige Weile aus bevor er hinzusetzte: „Seinen 103ten!" Auf der Heimfahrt nach Leverkusen, unterhielt er mich witzig, auch scharfzüngig mit seinen Beobachtungen bei der Feier.

„Ja, leider hat das greise Geburtstagskind nicht so lange ausgehalten, es verlangte nach seinem Bett." So ungefähr beendete er seine

Erzählung. „Dich gewiss auch", dachte ich und beeilte mich, dem Junior beim Aussteigen die Hand zu reichen.

Eine langweilige Geschichte

In der schon weit fortgeschrittenen zweiten Nachthälfte war ich einst am Halteplatz „Kessenich Schule" gelandet. „Eine kleine Pause habe ich mir verdient", meinte ich und wollte es mir eben bequem machen. Da sandte mich die Zentrale zur Universitätsklinik. Ein Medikament war von der Neurochirurgie zur Intensivstation der Chirurgie zu bringen. Die der Klinik näherliegenden Halteplätze waren offensichtlich nicht besetzt. Solch eine Fahrt darf jedoch kein Taxifahrer ablehnen. Weil ich im Display zudem das Wort „Dringend" gelesen hatte, fuhr ich sogleich los. „Nur gut, dass ich mich auf dem so großen Klinikgelände auskenne", dachte ich, „und keine kostbare Zeit mit Sucherei verplempere". Intensivstation - um diese Zeit. In meiner Phantasie kam ich mir vor wie ein Retter in höchster Not.

Als ich dem sichtlich müden Hasen an der Pforte der Neurochirurgie in knappen Worten meinen Auftrag vorgetragen hatte, fertigte der mich mit der gedehnten Antwort ab: „Da weiß ich nichts von. Wir haben doch einen eigenen Fahrdienst, der sowas erledigt".

Die Zentrale, mit der ich mich daraufhin in Verbindung setzte, konnte mir auch nichts Näheres sagen, erklärte mir lediglich, dass das Medikament dringend benötigt werde. Ich schaute auf die Uhr. Seit ich die Meldung empfangen hatte, waren dreißig Minuten vergangen. Erst als ich den Ich-weiß-von-nichts-Hasen mit einigen passenden Worten unter Druck setzte, bequemte er sich zum Telefonhörer zu greifen. Wieder vergingen etliche Minuten. Schließlich verwies er mich an die zweite Etage. Dort würde ich einen Arzt treffen, der mir vielleicht weiter helfen könnte. So spurtete ich die Treppe hinauf. Das Stationszimmer war unbesetzt. So machte ich mich auf die Suche nach einem Arzt oder dem Nachtdienst. Das heißt, ich irrte durch die menschenleeren Gänge, die mir wie ein Irrgarten vorkamen. Endlich öffnete sich eine Tür und zwei Weißgekleidete traten heraus, die mich erstaunt ansahen. Was macht der hier? Ich stellte mich als Taxifahrer vor und erklärte meinen Auftrag. „Warten Sie bitte, ich bringe Ihnen das Medikament", sagte die Ärztin und händigte mir tatsächlich nach einigen Minuten das Gewünschte aus. Jetzt stürmte ich die Treppe hinunter, winkte dem Hasen mit der Arzneipackung zu und stieg in mein Taxi.

Die erste Etappe war geschafft. Ich schaute auf die Uhr. Nun fuhr ich eilig zur Chirurgie und fand die Pforte dort unbesetzt. In diesem Krankenhaus-Labyrinth musste ich mich also allein zurechtfinden, vor allem aber jemanden finden, der mir das Medikament abnahm. Einer Tafel war zu entnehmen, wo sich die Intensivstation befand. Nach intensivem Suchen fand ich sie aber nicht gleich. Erst irrte ich wieder durch lange Gänge, kam einmal an eine Art Koje vorbei, deren Vorhänge zugezogen waren. Hinter einem hörte ich nicht nur Laute, sondern Stimmen. Darum wagte ich, ihn ein Stück beiseite zu schieben, sah zwei Schwestern, die sich um eine alte Frau bemühten. Als sie mich erblickten, sagte die eine zur anderen: „Gehört der Dir?" Zum Flirten war leider weder Zeit noch die passende Gelegenheit. So wartete ich die Antwort nicht ab, sondern sagte, die Packung vorweisend: „Ich soll hier ein Medikament abgeben". „Damit haben wir nichts zu tun. Wir sind hier – wie Sie sehen – beschäftigt".

Wieder ein Blick auf die Uhr. Ich suchte, den in mir aufsteigenden Ärger zu unterdrücken und machte mich weiter auf die Suche. Endlich fand ich eine Krankenschwester, die mir, als ich ihr den Sachverhalt erläuterte, das Medikament abnahm. Sie stellte mir sogar auch den Krankentransportschein aus, den ich für die Vergütung der Fahrt brauchte. Nun benötigte ich nur noch die Unterschrift eines Arztes, was mich allerdings eine weitere halbe Stunde kostete.

Eine langweilige Geschichte? Mag sein. Aber meines Erachtens darf sie nicht fehlen. Warum? Darum: Als ich wieder in meinem Taxi saß schaute ich auf die Uhr: Tatsächlich, es waren nahezu zwei Stunden vergangen. Der Transportschein innerhalb des Klinikgeländes wurde mit 6 D-Mark vergütet, deren Hälfte ich erhielt. Stundenlohn nach Adam Riese? Und dazu kam: Als der „Retter in der Not" fühlte ich mich gar nicht mehr.

Eine traurige Geschichte

Helmut lernte ich in der Gaststätte Castell in der Oxfordstraße kennen, in der er meist seine nächtliche Runde durch verschiedene Bonner Lokale beendete. Zweifellos war er alkoholkrank. Aber er gehörte zu jenen Alkoholikern, die sich „im Griff hatten". Er trank – so schien es mir – gern im geselligen Kreis, gab auch öfters mal eine Runde aus. Aber nicht nur darum war er allseits beliebt, sondern auch weil er viel erzählte. Und er konnte erzählen: Unterhaltsam, spannend und interessant.

In Bonn aufgewachsen, berichtete er besonders häufig, was er als junger Flakhelfer bei Ende des Krieges erlebt hatte, vom Einmarsch der Amerikaner, von den Nöten der Bevölkerung. Das waren Themen, die mich stark interessierten. Sicher, ich hatte einiges darüber gelesen. Aber es war doch etwas anderes, wenn es sich um erlebte Geschichte handelte.

Wenn ich ihn nach Auerberg heimfuhr, gab es immer eine angeregte Unterhaltung. Meine vielen Fragen beantwortete er stets bereitwillig. Ich half ihm beim Ein- und Aussteigen und brachte ihn immer bis zu seiner Haustür, denn er war schon von der Bechterewschen[10] Krankheit gezeichnet.

Eines Tages bat er mich, ob ich mal mit ihm einkaufen gehen könnte, er werde mich gern dafür bezahlen. Ich sagte zu, und bei dieser Gelegenheit betrat ich zum ersten Mal seine Wohnung. Das war ein Schock! Ich habe manche Unordnung gesehen, auch einige Messie-Wohnungen, aber dieser Anblick war nur schwer zu ertragen. Alle Räume waren in hohem Grade vermüllt und verschmutzt. Als er meine Reaktion bemerkte, flehte er mich an, es nicht bei irgendeiner Institution oder einem Amt zu melden. Ich versprach es, nahm mir zugleich aber vor, auf irgendeine andere Weise Abhilfe zu schaffen. Seit dieser Zeit habe ich ihn nur noch selten gefahren, blieb aber sein Hauptansprechpartner, begleitete ihn zuerst noch bei seinen

---

[10] Bechterew, Wladimir, Arzt

Einkäufen. Als das wegen seiner Krankheit – er wurde immer gekrümmter – nicht mehr möglich war, gab er mir eine Einkaufsliste.

Den Zustand der Wohnung zu ändern, erwies sich jedoch als denkbar schwierig, weil er niemand anderen als mich hineinlassen wollte. Ich tat mein Bestes, schleppte einmal z.B. etwa 700 Weinflaschen zu Flaschencontainern.

Vor einem meiner Urlaube in Polen sollte ich für Helmut erneut einkaufen. Er rief entgegen unserer Absprache jedoch nicht an. So fuhr ich frühmorgens zu ihm. Ich klingelte, ich klopfte, ich rief.

Nichts rührte sich. Bevor ich nach Hause fuhr, meldete ich bei der Polizeiwache in der Bornheimer Straße, dass ich besorgt sei, weil ein alter, kranker Herr die Wohnungstür nicht öffnete. „Wir kümmern uns darum" sagte einer der Polizisten.

Keine Stunde später erhielt ich einen Anruf. Man hatte Helmut tot in seinem Bett vorgefunden. Nachmittags ein zweiter Anruf: Die Kriminalpolizei wollte wissen, in welchem Verhältnis ich zu dem Verstorbenen gestanden habe. Mit der Auskunft: „Ich habe ihn als Taxifahrer öfters gefahren", gab sie sich zufrieden. Mir war jedoch bewusst, mit Helmut hatte mich weit mehr verbunden. Darum war ich froh, dass mir einige Tage später das Sozialamt der Stadt Bonn den Termin von Helmuts Beerdigung auf dem Nordfriedhof mitteilte.

„Die Trauergemeinde trifft sich um 11 Uhr an der Kapelle", hieß es. Fünf Minuten vor 11 stand ich an der Kapelle. Punkt 11 Uhr kam ein Privatwagen. Der Fahrer stieg aus. Wir guckten uns eine Weile immer mal wieder an. Dann kam er zu mir und fragte, ob ich zur Beerdigung von Helmut gekommen wäre. „Ja", erwiderte ich. Darauf er: „Wir warten noch etwas. Es hat sich noch jemand vom Sozialamt und sein Betreuer, Herr Rechtsanwalt Soundso, angesagt". Niemals hatte ich einen von ihnen gesehen noch von ihnen gehört. Wir warteten. Niemand kam.

Der Bestatter holte die Urne aus dem Kofferraum, und ich folgte ihm gemessenen Schritts zu einem Rasenstück. Hier versenkte er die Urne. Auf dem Rückweg informierte er mich, dass später eine Gehwegplatte mit Namen und Daten auf das Grab käme.

In derselben Woche, in der Helmut starb, sprach mich der Wirt der „Theaterklause" an: „Du kennst doch den Gerhard, weißt doch, wo der wohnt. Sieh mal nach, da muss etwas passiert sein. Er ist schon drei Tage nicht hier gewesen". Daraufhin fuhr ich sogleich zum Haus von Gerhard, einem festen Kunden von mir, auch er alkoholkrank. Alle Fenster dunkel. Ich klingelte, ich klopfte. Nichts rührte sich. Unruhig geworden rief ich die Polizei. Bald darauf traf ein Streifenwagen ein. Als ich den Polizisten meine Befürchtung mitteilte, bekam ich recht unfreundlich zu hören: „So eine Meldung macht man am Tage, nicht mitten in der Nacht". Die Polizisten traten auch nicht ins Haus, riefen die Feuerwehr, die ohne Zögern die Türe aufbrach.

Nach wenigen Minuten kam ein Polizist heraus, entschuldigte sich für die Zurechtweisung und schloss mit dem Satz: „Sie haben alles richtig gemacht. Herr Gerhard P. liegt tot im Bett".

Innerhalb einer Woche hatte ich zwei meiner vertrauten Kunden tot aufgefunden, was mir sehr nahe ging. Gern hätte ich auch an Gerhards Beerdigung teilgenommen, konnte aber die lang geplante Urlaubsreise nicht verschieben.

Als ich später hörte, dass an seinem Begräbnis eine große Trauergemeinde teilgenommen hat, habe ich mich gefreut. Ob Gehwegplatte oder Familiengrab – beide, Helmut und Gerhard mögen in Frieden ruhen. Ich werde beide nicht vergessen.

Schwere Körperverletzung

An folgende Begebenheit erinnere ich mich deshalb so deutlich, weil sie mir etliche schlaflose Tage eingebrockt hat. Ja, ich fürchtete damals, meine noch kurze Tätigkeit als Taxifahrer könnte ein trauriges Ende finden. Dabei hatte ich gerade daran solch ein Gefallen gefunden, dass ich mir nicht vorstellen konnte, wieder in meinen erlernten Beruf[11] zurückzukehren.

Was war geschehen? Ich stand mit meiner Zehn Acht, einem schon elfenbeinfarbigen Mercedes hinter der Zwei Null, einem noch schwarzen Wagen derselben Marke am Friedensplatz. Da sahen wir, mein Kollege und ich, zwei Gestalten den um diese nächtliche Zeit menschenleeren Platz schwankenden Schrittes überqueren. Erst als sie näher gekommen waren, bemerkten wir, dass jeder einen halbvollen gläsernen Bierkrug trug, der sich bei jedem ihrer Schritte ein wenig mehr zu leeren schien. Ich beobachtete, wie sie sich zusehends heftiger abmühten, bei meinem Vordermann die hintere Wagentür zu öffnen. Er war offensichtlich nicht bereit, die beiden Trunkenbolde zu fahren. Er reagierte einfach nicht, weder auf ihr Rütteln an den Türen noch auf ihre unverständlichen Rufe. Ob das der Trunkenheit geschuldet war, weiß ich nicht. Wie Deutsch kam es mir jedenfalls nicht vor. Einer der beiden war vermutlich Schwarzafrikaner, der andere seinem Aussehen nach wahrscheinlich ebenfalls Ausländer.

Als Nachtfahrer hat man es, wie man sich denken kann, natürlich sehr oft mit alkoholisierten Personen zu tun, es steht im Ermessen von uns Taxifahrern, ob wir sie „befördern" oder nicht. Ich überlegte schon, ob ich die beiden ebenfalls abweisen oder einsteigen lassen sollte, jedenfalls ohne die Bierkrüge.

Da sah ich, wie die beiden damit wutentbrannt auf das Wagendach meines Vordermannes einschlugen. Die Gläser zerbarsten, die Scherben flogen umher. Reflexartig verriegelte nun auch ich meine

---

[11] Maurer

Türen. Über Funk hörte ich meinen Kollegen die Polizei rufen. Der Schwarzafrikaner hatte offenbar seine Wut gestillt und machte sich aus dem Staub. Sein Kumpan näherte sich nun meinem Taxi, rüttelte an der Tür. Als er sie verschlossen fand, nahm er sich ganz unerwartet meine Funkantenne vor. Im Nu war sie zu einer Ziehharmonika zerknautscht. Das war zu viel! Sollte ich ohnmächtig zusehen, wie dieser betrunkene Kerl weiter meinen Wagen demolierte? Ehe er zur Tat schreiten konnte, stieg ich aus und wehrte ihn energisch ab. Er torkelte und stürzte zu Boden, wobei er sich eine blutende Wunde am Kopf zuzog. Kurz danach kam die Polizei. Noch ehe diese eintraf, kamen etliche Taxifahrer, die über Funk den Notruf mit angehört hatten. Kollege Egon warf einen Blick auf den am Boden liegenden Mann und meinte zu mir: „Chris, der is kapott!" Diese „Diagnose" versetzte mich in gewaltigen Schrecken. Zwar glaubte ich in Notwehr gehandelt zu haben, also im Recht zu sein, aber mir wurde doch ziemlich mulmig. Von den Sanitätern erhielt ich keine Auskunft, sie teilten mir lediglich mit, dass sie den Verletzten ins Krankenhaus brächten. Die Polizei, die sich rasch ein Bild von dem Geschehen gemacht hatte, informierte mich, dass ich mit einer Anklage wegen schwerer Körperverletzung zu rechnen hätte.

Noch bevor mich diese erreichte, traf ein Brief von der Firma M. ein. Sie forderte eine beträchtliche Summe als Erstattung für den 14-tägigen Arbeitsausfall ihres Mitarbeiters, für den jemand anderes angelernt werden musste. Erneuter Schrecken. Und wer, überlegte ich, werde für die Krankenhauskosten aufkommen. Womöglich werde ich auch noch Schmerzensgeld entrichten müssen. Aber am schlimmsten war die Vorstellung, aus dem Prozess als Vorbestrafter herauszukommen.

Mein Unternehmer besorgte mir einen renommierten Anwalt (Hans Dahs), was mich ein wenig beruhigte. Dennoch hatte ich in der Zeit bis zum Prozess immer das Gefühl, ein Damoklesschwert über meinen Kopf hängen zu haben.

Dann kam der gefürchtete Tag. Meine Mutter begleitete mich zum Gerichtsgebäude, wofür ich ihr sehr dankbar war. Sie meinte: „Wenn

Du ein reines Gewissen hast, wird alles gut ausgehen". Auf den Zuhörerbänken entdeckte ich etliche Kollegen, die mir verstohlen zuwinkten, was mir sehr gut tat. Ja, und dann verlief die Verhandlung ganz anders, als ich gedacht, als ich gefürchtet habe. Der Verletzte, ein Marokkaner, verzichtete auf einen Dolmetscher. Er sagte nur in etwas gebrochenem Deutsch, er habe mit einem Kumpel sehr viel getrunken, er erinnere sich an nichts, nur dass er im Krankenhaus wieder „aufgewacht" sei.

Von der Urteilsverlesung des Richters (Hertz-Eichenrode), habe ich einen Satz noch wörtlich in Erinnerung: „Ein nüchterner Mensch hätte den Schubs leicht aufgefangen".

Der „Express" widmete mir am folgenden Tag eine halbe Seite unter der großen Überschrift: „Student Christopherus unbescholten ins Examen". Student? Examen?

Die anderen Bonner Zeitungen begnügten sich mit einigen Zeilen unter dem Titel „Taxifahrer freigesprochen". Ich habe später noch an mancher Gerichtsverhandlung teilgenommen, aber niemals mehr als Angeklagter.

Aufstand in der Gotenstrasse

Es hatte sich sofort unter uns Taxifahrern herumgesprochen: Nicht nur ein einzelner von uns war beleidigt worden, sondern wir alle. Die Empörung war groß.

Auch ich hatte gehört, dass ein Kollege, der zur „Gotenstube" gerufen worden war, um dort einen Fahrgast abzuholen, vom Wirt erst immer wieder hingehalten, dann aufs Gröbste beschimpft und schließlich mit der Bemerkung „Verpiss dich! Ihr Taxifahrer, seid der letzte Dreck", der „Stube" verwiesen worden war.

Der so zutiefst gekränkte Kollege hatte die Beleidigung über Funk gleich weitergegeben. Wir alle waren der Ansicht, dass wir diese dreiste öffentliche Schmähung nicht einfach hinnehmen durften.

So kamen wir überein, den Beleidiger zur Rede zu stellen. Für mich war es selbstverständlich, an der geplanten Aktion teilzunehmen. Wir verabredeten, uns am nächsten Tag um 22 Uhr vor der Gotenstube zu treffen, und Albert, den wir Zuckermann nannten, sollte bei dem Unternehmen „Denkzettel" unser Wortführer sein.

Als ich zum angegebenen Termin in der Gotenstraße eintraf, fand ich schon etwa 10 Kollegen vor.

Hinter unserem Anführer Zuckermann marschierten wir nun geschlossen in das Lokal, dessen Tische von vorwiegend älteren, offensichtlich gutbürgerlichen Gästen besetzt waren und bauten uns vor der Theke schweigend, aber in provozierender Pose auf. Zuckermann begann eben zu sprechen: „Wir", sagte er – und da geschah etwas, womit keiner von uns gerechnet hatte: Ein unbedachter Kollege warf mit kräftigem Schwung eine Flasche in das hinter der Theke stehende Regal, wo sie einige Gläser zerschmetterte, hinunter fiel und mit lautem Geräusch zerschellte. Alle waren erschrocken. Wir, weil wir das nicht verabredet hatten, die Gäste, weil sie in Angst und Schrecken versetzt wurden. Sie ließen alles stehen, ihren Strammen Max, ihren Kartoffelsalat mit Bockwurst, ihre Getränke und flohen wohl in Erwartung weiterer Spektakel zur Tür hinaus. Im Nu war das Lokal leer.

Nur wir Taxifahrer standen da, wussten nicht recht, was wir tun sollten. Der Werfer musste sich allerdings einige recht derbe Worte anhören: „Du Idiot.".

Hinter dem Tresen verschanzt, stand völlig überrumpelt mit erschrockenem Gesicht der Wirt. Er schlotterte und stotterte mehrmals verängstigt: „Was wollt Ihr von mir?" Unsere Verlegenheit bemerkend rief er: „Seid Ihr verrückt geworden, meine Gäste zu verscheuchen? Ich hole die Polizei!" Darauf gab uns Zuckermann mit weit ausholender Geste zu verstehen, dass wir die Klappe halten sollten und schnauzte den Werfer an: „Du Idiot! Das war nicht ausgemacht". Dann wandte er sich an den Wirt und suchte ihn mit einigen erklärenden Worten zu beschwichtigen. Wir hätten, sagte er, keinesfalls vorgehabt, sein Lokal zu demolieren, seien eigentlich nur gekommen, um eine Angelegenheit auf ganz friedliche Weise zu klären. Was geschehen sei, täte uns leid, wir seien selbstverständlich bereit, uns zu entschuldigen und für den Schaden aufzukommen. Zuletzt bat er geradezu inständig: „Wir können doch die Sache unter uns ausmachen, ohne Polizei".

Der Wirt, der sich durch diese Rede einigermaßen beruhigt zu haben schien, fragte nun nach dem Grund unseres Auftrittes und warum wir zu so vielen gekommen wären: „Was wolltet Ihr denn eigentlich von mir?" Bevor Zuckermann darauf Antwort geben konnte, wurde die Tür aufgerissen und eine Anzahl von Polizisten stürmte das Lokal.

Was war draußen geschehen? Die verschreckten Gäste, die sich durch das plötzliche Erscheinen von uns und mehr noch von unserem Auftritt bedroht gefühlt und in Panik das Weite gesucht hatten, hatten von der nahen Telefonzelle die Polizei alarmiert.

Wer weiß, was sie dabei erzählt hatten. Offensichtlich war von einem ganzen Haufen von Gangstern die Rede oder von einem Schlägertrupp, der die „Gotenstube" überfallen habe. Daher das große Polizeiaufgebot. Die Polizisten staunten nicht schlecht, statt gefährliche Gangster einen Haufen ebenso friedliebender wie recht kleinlauter Taxifahrer vorzufinden.

Ein Polizist mit mehreren Sternen auf der Schulterklappe klärte den Sachverhalt mit unserem Zuckermann und dem Wirt rasch auf. Nun kam endlich auch die Ursache unseres Unternehmens zur Sprache, dass wir den Beleidiger unserer Taxifahrer-Ehre lediglich zur Rede stellen und ihm einen kleinen Denkzettel verpassen wollten. Der Wirt verzichtete schließlich nicht nur auf eine Anzeige, sondern nahm auch seine kränkende Äußerung zurück.

Der besternte Polizist gab uns zum Schluss noch eine Belehrung mit auf den Weg. „Ich finde es gut, dass Ihr zusammenhaltet, sagte er, „aber es darf niemals Blut fließen oder zu einer Sachbeschädigung kommen".

Erst als wir die „Gotenstube" verließen, wurde uns klar, was wir, genauer gesagt, der unbeherrschte Kollege, angerichtet hatten. Die Gotenstraße war verstopft mit Taxen und Polizeiwagen, sogar ein Panzerspähwagen war dabei, vermutlich weil einige Botschaften in der Nähe waren. Ja, die Gotenstraße war sogar gänzlich für den öffentlichen Verkehr gesperrt worden. Auch einige Kollegen, die noch zu uns stoßen wollten, waren angehalten worden. Glücklicherweise hatte die Geschichte keinerlei Nachspiel. Das hätte für uns teuer werden können.

Schuld an der ganzen Angelegenheit war – wie wir später erfuhren – der gekränkte Kollege. Er und der Wirt der Gotenstube waren alte Schulkameraden und hatten sich schon jahrelang in der Wolle.

Ja, das waren Zeiten! Damals waren die Taxifahrer noch eine verschworene Gemeinschaft, man hielt zusammen. Damals galt das Motto: „Gemeinsam sind wir stark". Heute leider unmöglich.

Weihnachten in Paris

Heiligabend. Ich hatte meinen Tagfahrer schon am späten Nachmittag abgelöst. Er freute sich, nach Hause zu seiner Familie zu kommen. Ich freute mich auf die besondere Freigiebigkeit der Fahrgäste. Der Heilige Abend gehörte früher zu den einträglichsten Tagen für uns Taxifahrer. Ich hatte es trotzdem immer geschafft, Arbeit und Familie unter einen Hut zu bringen.

Gegen 18 Uhr wurde ich zur sogenannten „Immenburg", so nannten wir das Eros-Center in der Immenburgstraße, gerufen.

Zwei blutjunge, bildhübsche, zierliche Mulattinnen kamen heraus, die sich mit großen Koffern abschleppten. Als ich diese Ungetüme im Wagen verstaut hatte, liefen die beiden wieder ins Haus, um gleich darauf mit allen möglichen Taschen und Beuteln zurückzukehren. Nachdem sie noch einen Karton von beträchtlichem Ausmaß geholt hatten, den ich auf dem Beifahrersitz unterbrachte, gaben sie mir zu verstehen, dass wir losfahren können. „Bitte zum Bahnhof". Dort angelangt, verschwand die eine im Gebäude, die zweite half mir beim Entladen. Einen Gepäckträger gab es in Bonn schon lange nicht mehr. Ich überlegte gerade, ob ich einen vor dem Bahnhof stehenden Kollegen anheuern sollte. Da kam die andere zurück mit der Nachricht „Zug verpasst". Und was jetzt?

„Wieder zurück? Oder wohin soll ich Sie fahren?", fragte ich und schaute nicht besonders freudig auf den Gepäckhaufen. Die beiden berieten sich kurz und riefen wie aus einem Munde: „Nach Paris!" Ich glaubte meinen Ohren nicht zu trauen. „Nach Paris?" wiederholte ich ungläubig und vernahm: „Ja, können Sie uns nach Paris fahren?" Solch ein Angebot hatte ich nicht erwartet, war darauf nicht vorbereitet. Wir hatten doch Heiligabend! Und hatte ich nicht versprochen, um zwanzig Uhr zuhause zu sein. Die beiden bemerkten mein Zögern. „Wir bieten Ihnen 1.000 D-Mark, bezahlen auch im Voraus". 1.000 D-Mark", überlegte ich, „Nach Paris sind es etwa 500 Km, eine gute Bezahlung!" Ich war überredet: „Okay!" und begann das Gepäck wieder einzuladen. Bevor ich losfuhr, überreichte mir die eine der

Damen zehn Hundertmarkscheine. Es waren ganz neue, wie frisch aus der Presse. Sie fühlten sich gut an. „Die musst du dir ja erst verdienen"., sagte ich mir. Also auf nach Paris!

Während ich mir die Route überlegte, machten es sich die beiden Schönen im Fond bequem. Und los ging es. Gesprächig waren meine Fahrgäste nicht gerade, das heißt, mit mir wechselten sie nur wenige Worte. Sie unterhielten sich erst noch auf Französisch, schienen aber bald schon eingeschlafen zu sein.

Die Fahrt verlief so glatt, wie man sich es nur wünschen kann. Auf den Straßen gab es wenig Verkehr. Naja, wer ist schon an Heiligabend gern unterwegs. Ich dachte an daheim, wo man auf mich wartete. Am Bahnhof gab es genug Telefonzellen und auf ein paar Minuten wäre es gewiss nicht angekommen. Warum hatte ich es unterlassen, Bescheid zu sagen? Ich war mir bewusst, dass ich gekniffen hatte, auch um die Fahrt nach Paris nicht zu gefährden. Vielleicht ergibt sich ja unterwegs noch eine Möglichkeit, suchte ich mich zu beruhigen, aber man kann sich kaum selbst betrügen.

Die Grenzkontrollen sowohl an der belgischen wie an der französischen Grenze hatten wir trotz des vielen Gepäcks schnell hinter uns gebracht. In Belgien legte ich auf Wunsch meiner Fahrgäste eine kurze Pause ein. Gegen 2 Uhr näherten wir uns Paris. „Jetzt kann's schwierig werden", dachte ich. Aber die beiden, wieder hellwach, gaben mir zu verstehen, dass sie mich dirigieren würden. Mit Erstaunen nahm ich wahr, dass sie sich in Paris ebenso gut auskannten wie ich mich in Bonn. Wir fuhren durch die nächtliche Stadt, erreichten endlich eine öde Trabantenstadt. Dort ließen sie mich vor einem Hochhaus halten. Ich lud all das Gepäck aus, half, es in einen Aufzug zu tragen. Die beiden bedankten sich wortreich. Bevor die Tür des Lifts sich schloss, riefen sie mir noch zu: „Merry Christmas!"

Ich ging zu meiner Taxe zurück. „Fröhliche Weihnachten", sagte ich mir, „aber wie um Himmels Willen soll ich jetzt aus dieser Stadt kommen". Ich musste den Autobahnring finden. Leicht gesagt.

Geschlagene anderthalb Stunden bin ich herumkutschiert, sicher auch im Kreis gefahren. Einmal habe ich einen Passanten gefragt, leider verstand der gute Mann mich so wenig wie ich ihn. Wer ist schon in einer eiskalten Nacht, zumal an Weihnachten unterwegs? Endlich sah ich ein Autobahnschild. Jetzt konnte ich mich orientieren.

Aber da gab es ein weiteres Problem: ich musste dringend tanken. Ich malte mir schon aus, wie gemütlich es wäre, die restliche Nacht irgendwo im Auto zu verbringen, als ich eine offene Tankstelle fand. Ich erklärte dem Tankwart, dass ich keine Francs, sondern nur Deutsche Mark hätte. Das „Non, non!" und die abwehrenden Handzeichen verstand ich: Dafür bekäme ich kein Benzin.

Erst nach längerem Bitten und Betteln ließ der Filou sich erweichen, mir privat etwas Geld umzutauschen, zu einem geradezu unverschämten Wechselkurs. Aber was sollte ich machen. Nun startete ich durch. Am späten Vormittag war ich in Bonn. Zuerst meldete ich mich bei meinem Tagfahrer, von dem ich reichliche Vorwürfe zu hören bekam. Ich konnte es ihm nicht verdenken, galt ich doch als „verschollen". Schließlich konnte ich ihn durch eine mehr als großzügige Entschädigung seines Ausfalles besänftigen.

„Was werde ich nun zu Hause hören?" Ich machte mich auf einiges gefasst, zumal mich mein schlechtes Gewissen arg quälte. Ganz ohne Vorwürfe ging es nicht ab. Aber schon bald hieß es „Schluss! Jetzt feiern wir Weihnachten und die Heimkehr des verlorenen Sohnes". Der feierte nur kurz mit und verschlief den Rest des Festtages. Man ließ ihn schlafen.

Paris – da denkt man an den Eifelturm, an Sacre Coeur, an den Louvre, Moulin Rouge ach, an so vieles mehr. Nichts von alledem habe ich bei meiner weihnachtlichen Spritztour gesehen. Aber noch heute zehre ich davon, dass ich einmal mit der Taxe in Paris war. Das war übrigens auch meine weiteste Fahrt mit dem Taxi.

Eddy

Eine Zeit lang verkehrten wir Nachtfahrer häufig im „Malkasten",
damals die einzige Gaststätte, die eine 24-Stunden-Konzession besaß.
Dort haben wir den Kaffee zu einem Sonderpreis bekommen.

Unter den Gästen waren viele Freier des benachbarten Eroscenters,
die dort tüchtig blechen mussten.

Eines Tages wurde ein neuer Buffetier namens Eddy eingestellt. Wir
hätten den weißhaarigen Mann, für uns jedenfalls schon ein alter
Knacker, nicht weiter beachtet, wäre er uns nicht wegen der
merkwürdigen Zusammenstellung seiner Kleidung aufgefallen. Zu
uralten abgeschabten und zerbeulten Jeans trug er stets sehr feine
Hemden und teure Jacketts. Und dann dieser Schlapphut! Anfangs
mokierten wir uns ein wenig über diese „Kombi-Mode". Später,
nachdem wir ihn kennengelernt und liebgewonnen hatten, sagten wir
uns: „Diese Klamotten gehören einfach zu Eddy, waren sein
Markenzeichen".

Hin und wieder haben wir uns in unseren Pausen im „Malkasten"
zusammengesetzt und gepokert. Durch ein beschränktes Limit und
weil mal dieser mal jener gewann, blieb das eingesetzte Geld unserer
Runde erhalten.

Irgendwann fragte Eddy, der uns öfters beim Pokern zugeschaut
hatte: „Lasst Ihr mich mal mitspielen?" Wir berieten uns kurz und
einigten uns rasch unter dem unedlen Vorsatz: „Den alten Knochen
lassen wir mitspielen, den nehmen wir ordentlich aus".

Nach kurzer Zeit hatte Eddy allen das Geld abgenommen. Wir waren
geknickt und stinksauer, gaben uns jedoch Mühe, es ihn nicht merken
zu lassen. Wir kamen ins Gespräch, und als Eddy erfuhr, dass wir
Poker-Dilettanten Taxifahrer waren, gab er uns allen das Geld zurück.
Wir wussten gar nicht, was wir sagen sollten, so erstaunt waren wir
und vielleicht auch ein bisschen beschämt. „Was seid Ihr doch für
vertrauensselige Dummköpfe", sagte er lachend, „habt gar nicht
gemerkt, dass ich Euch die ganze Zeit betrogen habe". Als er unser
ungläubiges Staunen sah, nahm er wortlos die Karten vom Tisch,

mischte sie, ließ einen Kollegen abheben und teilte sie aus. Und dann, ja dann, sagte er jedem von uns, was er in der Hand hielt. Erneutes Staunen. „Ihr müsst aufpassen, wenn ihr mit Fremden spielt", fuhr er fort, „er könnte größere Fingerfertigkeit haben als Ihr". Und dann hat er uns einige Kniffe gezeigt, damit wir uns von Falschspielern nicht so leicht betrügen lassen. Als wir uns verabschiedeten, waren wir Freunde geworden.

Eddy war durch und durch ein Sonderling, er verblüffte uns immer wieder. Einmal wollte Eddy zwei Wochen Urlaub in Gran Canaria machen und hatte mich auserkoren, ihn zum Flughafen Düsseldorf zu fahren. „Aber vorher muss ich noch nach Duisburg", sagte er und wies mir dort den Weg in eine türkische „Räuberhöhle", in der man „Seven Eleven", ein Würfelspiel, spielte. Hier durfte ich mit ansehen, wie man binnen kurzer Zeit viel Geld verlieren kann, bis zum letzten Pfennig. Als wir die „Höhle" verließen, äußerte Eddy seelenruhig: „Pech, fahre mich wieder nach Bonn, der Urlaub ist gestrichen". Wir stiegen ins Taxi. Ich wollte etwas sagen, meinte, doch irgendetwas sagen zu müssen, aber mir fehlten die Worte.

Kurzes Schweigen. Da fragte er: „Hast Du Geld bei Dir?" Ich erwiderte wahrheitsgemäß: „Ja, aber nur die Einnahmen dieser Nacht, so zwischen 300 und 400 D-Mark". „Leih sie mir bitte", sagte er. Ich hatte ihm schon verschiedentlich kleinere Summen geliehen, wenn er wegen seiner Spielsucht in der Klemme war. Immer hatte er das Geld zum vereinbarten Termin zurückgezahlt. „Gut", antwortete ich und händigte ihm die Scheine aus, insgesamt 350 D-Mark. Bedauernd fügte ich hinzu: „Leider zu wenig für Gran Canaria" und wollte starten. „Zu wenig für Gran Canaria", meinte auch er. „Warte auf mich!", rief er mir zu, und schon war er mit dem geliehenen Geld in der Hand in der Spielhölle verschwunden.

Da stand ich nun und machte mir Vorwürfe, ihm das Geld gegeben zu haben, ausgerechnet hier, vor dieser Spielhölle. Lange hielt ich diese ohnmächtige Warterei nicht aus und betrat ebenfalls wieder das dämmrige Spielkasino. Ich entdeckte Eddy, der gerade eine Glückssträhne hatte. Einen Großteil seines verlorenen Geldes hatte er

schon zurückgewonnen. Mit den Worten: „Genug für Gran Canaria!",
zog ich den Widerstrebenden, trotz des heftigen Protests der
Betreiber der Räuberhöhle rasch heraus.

Anschließend habe ich ihn nach Düsseldorf zum Flug nach Gran
Canaria gefahren. Nach seiner Heimkehr erhielt ich mein Geld mit
„Zinsen" zurück. Ja, so war Eddy, immer für eine Überraschung gut.
Überrascht hat uns auch sein plötzlicher Tod und sehr traurig
gemacht. Zu Eddies Beerdigung in Duisburg haben wir uns im „Eifeler
Hof" getroffen. Kollege Zuckermann, der neben Taxen auch
Reisebusse fuhr, hatte einen für uns organisiert. Bei einem
Wendemanöver riss die Klappe des Gepäckraumes ab. Unterwegs
waren wir besorgt, dass die Kränze auf der Autobahn landeten.

Das war eine riesengroße Beerdigung. Sehr viele Zocker, Prostituierte
aus dem Ruhrgebiet, überhaupt viele aus dem Rotlichtmilieu waren
gekommen und wir Taxifahrer.

Ja, alle liebten Eddy. Alle warfen Blumen in sein Grab, die Zocker
Spielkarten und Würfel.

2 x Stuttgart

Zweimal während meiner Jahrzehnte langen Tätigkeit als Taxifahrer bin ich in Stuttgart gewesen. Eine Fahrt nach Stuttgart – was soll schon daran etwas Besonderes sein, einmal abgesehen davon, dass sich wohl jeder Taxifahrer darüber freut, eine solch weite, also einträgliche, Fahrt zu erhalten? Aber weil sich diese beiden Fahrten innerhalb einer Woche und ganz unterschiedlich abspielten, habe ich sie als etwas Außergewöhnliches im Gedächtnis behalten.

Es war Mitte der 1970er Jahre, als mich die Zentrale zum damals im Bau befindlichen Stadthaus schickte. Dort winkte mir ein junger Mann zu, der an seiner Kleidung unschwer als Handwerker zu erkennen war. „Nach einem überlangen Arbeitstag geht es heim", dachte ich, als er eine Art Seesack auf die hinteren Sitze warf und selbst mit einem Seufzer der Erleichterung neben mir Platz nahm. Ich hatte recht, es ging nach Hause zur Familie, aber er wohnte in Stuttgart. Gewöhnlich halte ich mich erst einmal zurück, fange nicht als erster mit einem Gespräch an. Doch diesmal war ich einfach zu neugierig: „Wie ich sehe, arbeitest Du am Bau, ich habe Maurer gelernt und einige Jahre auch auf dem Bau gearbeitet".

Es stellte sich heraus, dass wir Kollegen waren. Ich erfuhr, dass er in Bonn auf Montage war. Eine Weile fachsimpelten wir, kamen bald auf die Bonner Kneipen zu sprechen, entdeckten das wir beide Fußballfans waren. Dann hangelten wir uns von einem Thema zum anderen. Jedenfalls gingen uns die Gesprächsthemen nicht aus. Durch die angeregte Unterhaltung kam mir die Fahrt recht kurz vor.

Zwei oder drei Tage später stieg am frühen Abend eine ältere, ganz in Schwarz gekleidete Dame zu mir ins Taxi. Ich staunte nicht schlecht, als sie „Nach Stuttgart, bitte" sagte. Während der Fahrt schwieg sie. Manchmal hörte ich sie unterdrückt weinen. Sie tat mir leid, aber wie konnte ich helfen, wie trösten? So fuhren wir schweigend durch die Nacht die weite Strecke nach Stuttgart. Als wir uns der Stadt näherten, fragte ich sie nach der Adresse. Sie kramte in ihrer Handtasche und reichte mir schließlich einen zerknitterten Zettel. Ich las: „Calw, und eine Straße mit Hausnummer" „Calw? Sie hatte doch Stuttgart gesagt. Von Bonn nach Calw über Stuttgart. Ein großer Umweg, ca. 60 Km", dachte ich. Ich klärte sie auf. „Aber ich bin doch immer über Stuttgart gefahren", meinte sie.

Weil ich bemerkte, dass sie ganz durcheinander war, besorgte ich mir an einer Tankstelle eine Straßenkarte, um auf dem kürzesten Weg nach Calw zu kommen. Auch die angegebene Adresse habe ich dort schnell gefunden.

Diese Stuttgart-Fahrt kam mir doppelt so lang vor wie die erste. Und das nicht nur wegen des Umwegs.

Der Geheimagent

Es gibt ein paar Regeln, die man als Taxifahrer unbedingt einhalten sollte: Nie als erster mit deinem Fahrgast ein Gespräch anfangen Niemals heftig diskutieren, eher beschwichtigen, vor allem bei politischen Themen. Die Kunden möglichst beim Wort und immer ernst nehmen

Merke: Jede Regel hat ihre Ausnahme!

Merke: All das macht sich bezahlt!

Einst winkte mir ein junger Mann am Frankenbad zu, stieg in meine Taxe und gab als Zielort „Friedensplatz" an. Also eine Kurzfahrt, etwa 5 D-Mark.

Er setzte sich neben mich und sagte, er sei Geheimagent und dienstlich unterwegs. Manch ein Kollege hätte gesagt: „Du hast einen an der Waffel!" Ich habe zwar dasselbe gedacht, jedoch gesagt: „Da haben Sie aber einen aufregenden Job". Darauf er begeistert: „Zeig' ich Dir". Nun dirigierte er mich zum Godesberger Bahnhof. Unterwegs zückte er ein Notizbuch und schrieb etliche Autonummern auf. Streng geheim!

Am Godesberger Bahnhof haltend observierten wir etwa 20 Minuten ein Fenster im Hotel „Kaiserhof", eines der wenigen, das zu der sehr vorgerückten Stunde noch erleuchtet war. Streng geheim!

„Bewegt sich was, da oben?" Wir warteten. Streng geheim! Nichts und niemand bewegte sich.

Jetzt ging's über die B9 zu seinem ursprünglichen Ziel, zum „Friedensplatz". Als uns eine große dunkle Karosse überholte, hörte ich halb geflüstert, doch sehr bestimmt: „Verfolge den Wagen!" Ich hinterher, eine längere Strecke. So ein Pech, eine Ampel sprang auf Rot. Ich trat auf die Bremse.

„Weiter, Du kannst weiter, ich habe eine Legitimation rote Ampeln zu überfahren". Ich hielt. „Ich nicht!" Darauf er: „Polizei? Kein Problem!" Ich: „Für mich schon". Ich blieb stehen, verlor den Mercedes. Wir haben das verdächtige Auto noch eine Weile gesucht, leider nicht gefunden. Wir resignierten.

Immerhin, in dieser Nacht waren noch andere höchst verdächtige Wagen unterwegs. Einige weitere Autonummern konnten notiert werden. Streng geheim.

Am „Friedensplatz" angelangt, zeigte die Uhr ca. 80 D-Mark. Der Geheimagent zahlte plus Trinkgeld, ließ sich für seine Dienstfahrt eine Quittung geben und stieg überaus zufrieden mit breiter Brust aus.

Für uns beide hatte sich diese spannende, für mich auch lukrative Fahrt gelohnt. Leider bin ich dem Geheimagenten kein zweites Mal begegnet. Mag sein, dass er wegen beständigen Übertretens von roten Ampeln aus dem Verkehr gezogen wurde.

Das Ende einer Weihnachtsfeier

Ich wurde in die Nordstadt, heute Ortsteil Castell, gerufen. In der Gaststätte „Live" war die Weihnachtsfeier wohl schon geraume Zeit beendet, nur einige Gäste saßen noch an den geschmückten Tischen. Ich meldete mich an der Theke und wurde an eine Dreiergruppe verwiesen: Zwei ältere, um nicht zu sagen recht betagte Männer, der eine in Begleitung seiner kleinwüchsigen Ehefrau.

Jeder hatte vor sich eine Tüte stehen. Die drei waren mir aus der Bonner Kneipenszene wohlbekannt. Die weihnachtliche Nachfeier hatte bei den beiden Herren ihre Wirkung getan. „Nun ja", dachte ich wie so oft: „Mit Geduld und Zeit kommt man weit". Es bedurfte tatsächlich einiger Zeit und noch mehr Geduld, bis ich die drei samt ihrer Tüten im Taxi verstaut hatte. Und weit waren die genannten Zielorte leider auch nicht. Erst sollte es in die Altstadt zur Paulstraße gehen, das Pärchen wollte weiter zum Boeselager Hof am Rhein.

Kaum war ich losgefahren, fingen die Herren hinter mir sich an zu streiten. Anfangs dachte ich, es sei nicht ernst gemeint, hörte sogar mit einem gewissen Vergnügen zu, weil das Wortgefecht im schönsten Bönnsch ausgetragen wurde. Da hörte ich z.B. „Du halv Jehang[12]!" und „Pellmanns Jeck[13]!" Schließlich wurde der Tonfall immer schärfer, die Wortwahl aggressiver: „Ich hau´ Dir paar auf die Schnüss[14]!"

In der Paulstraße angekommen, stiegen zu meinem Erstaunen beide Männer aus und stellten sich mitten auf der Straße in Positur, um sich zu prügeln. Beide hatten allerdings Mühe, sich auf den Beinen zu halten. Durch einen kräftigen Luftschwinger des einen landete nicht der Gegner, sondern er selbst auf dem Boden. Auch der andere

---

[12]Für diejenigen, die des Bönnsch nicht mächtig sind: "Halvjehang" = halbe Portion

[13] "Pellmanns Jeck" = Prof. Dr. Carl Pelmann, ab 1889 Leiter der Heil- und Pflegeanstalt der Rheinprovinz (Irrenanstalt) in Bonn

[14] "Schnüss" = Schnauze

Schattenboxer lief wegen seiner Trunken- und Betagtheit Gefahr zu stürzen und sich ernsthaft zu verletzen.

Höchste Zeit einzuschreiten! Die kleine Ehefrau und ich hatten alle Mühe, die beiden fuchtelnden Kampfhähne auseinander, ja überhaupt am Stehen zu halten. Endlich gelang es mir, den einen an seine Haustür zu lehnen, und der Frau, ihren Mann wieder ins Taxi zu bugsieren.

Wir verließen den Schauplatz des Duells, auf dem eine zerrissene Tüte und einiges Weihnachtsgebäck zurückblieben. Der Rest der Fahrt verlief friedlich.

In meiner Taxe fand ich später eine noch unbeschädigte Tüte und ließ mir die Plätzchen schmecken. Friede den Menschen auf Erden!

Mit Hemd und Hose

Gerade nachts ist nicht jeder Taxistand gleich begehrt, das dürfte einleuchtend sein. Ich fuhr immer gern den Wilhelmplatz an, denn in dessen Nähe befanden sich zahlreiche Kneipen und ein damals stark frequentiertes Etablissement, der „Club 107". Außer der Landesklinik gab es dort auch noch das Johanneshospital. Ich stand dort einmal zur vorgerückten Stunde als Zweiter, als der Erste von der Zentrale über Funk die Landesklinik bekam und losfuhr. Nach wenigen Minuten hörte ich diesen Kollegen schreien: „Zentrale! Den Mann fahre ich nicht, der ist ja ganz nackt!

Aha, nun war ich an der Reihe. Da hörte ich auch schon: „Zentrale! Wilhelmplatz". Ich meldete mich. „Vier Acht! Fahren Sie den Mann?" Eingedenk des Sprichworts: „Einem nackten Mann kann man nicht in die Tasche fassen", antwortete ich: „Wenn er Geld hat, fahre ich ihn" und machte mich auf den Weg. Angekommen stellte ich fest: Nicht ganz nackt, sondern in weißer Unterhose und das Portemonnaie in der Hand. „Wohin?" „Nach Neuenahr-Bachem". Na also! Für mich eine gute Fahrt.

Wie der Zufall spielt: Einige Tage später stand ich wieder am Wilhelmsplatz, als ein junger Mann in Schlappen und weißem Nachthemd aus dem Johannishospital heraus marschierte, sich schnurstracks meiner Taxe näherte und einstieg. Auch er hielt ein Portemonnaie in der Hand. Mit Schrecken bemerkte ich, dass er noch „verkabelt" war, d.h. Schläuche aus seinem Nachthemdärmel und seiner Nase hingen. Ich forderte ihn energisch auf: „Geh sofort wieder ins Krankenhaus zurück!" Worauf er schimpfte: „Sch...-Krankenhaus! Fahr mich in ein besseres!" und keinerlei Anstalten machte auszusteigen.

In Bonn, klärte ich ihn auf, gäbe es viele Krankenhäuser, in welches er denn wolle. „In ein besseres", lautete zunächst seine Antwort. Erst nach längerem Hin und Her entschied er sich für die Universitätsklinik. Ich fuhr ihn also zum Riesengelände der Uni-Kliniken. Dort herumkurvend vernahm ich auf meine Frage: „Also, wohin nun? Zu welcher Klinik?", wobei ich etliche aufzählte, wieder nur: „In die beste!" Da war guter Rat teuer. Ich war langsam mit meinen Nerven am Ende. Plötzlich las ich: „Nervenklinik und Neurochirurgie". „Nervenklinik", dachte ich, „da ist er gewiss gut aufgehoben". Ich hielt, er bezahlte, stieg aus und marschierte hinein. Bloß weg! Und ich machte mich eiligst aus dem Staub.

Seitdem ziehe ich es vor, nur bekleidete Fahrgäste zu befördern. Einmal jedoch habe ich noch eine spärlich bekleidete Frau heimgefahren. Doch das ist eine eigene Geschichte.

Hilfs- und Besorgungsfahrten

Aufgabe eines Taxifahrers ist es, gegen Entgelt Fahrgäste von einem Ort zu einem von diesem bestimmten Ziel zu bringen. Aber es gibt auch Fahrten ohne Fahrgast. Seit es Navigationsgeräte gibt, kommen Pilotfahrten, bei denen das vorausfahrende Taxi dem Autofahrer den rechten Weg weist, nur noch sehr selten vor.

Häufig werden die Taxifahrer gebeten, leere Autobatterien zu überbrücken. Oder da ruft die Wirtin von „Pauls Eck" an, deren Mann in Kur ist, sie könne kein Fass Bier anschlagen, brauche Hilfe.

Darüber hinaus gibt es auch Besorgungsfahrten, d.h. der Kunde lässt sich etwas bringen, er benötigt etwas, was er sich zumal in der Nacht nicht selbst besorgen kann oder will. Die Abschaffung der strikten Ladenschlussgesetze, die Einführung von allen möglichen Lieferdiensten sowie das ganz erheblich vergrößerte Angebot der Tankstellen haben diese Besorgungsfahrten verringert, aber keineswegs ersetzt.

Um welche Dinge handelte es sich hauptsächlich?

Vorweg ein Kuriosum: Da gab es in der Königswinterer Straße eine Dame, die mir, als ich ihr die erbetene Streichhölzer übergab überschwänglich dankte und mir für die damals 10 Pfennig kostende Schachtel 10 D-Mark in die Hand drückte. Sie müsse, erklärte sie, die Nacht durcharbeiten, um eine Arbeit fristgerecht fertigzustellen. Mit gehörigem Schrecken habe sie festgestellt, dass sie zwar über einen Zigarettenvorrat verfüge, aber weder über Feuerzeug noch Streichhölzer. Jeder starke Raucher wird das nachvollziehen können.

Es ist einleuchtend, dass man als Taxifahrer häufiger gebeten wurde, ein Medikament in einer Apotheke abzuholen.

Gar nicht selten wurde früher auch der Wunsch nach Blumen geäußert. Woher nehmen und nicht stehlen, hätte mancher gedacht. Viele von uns Taxifahrern kannten die Adresse, bei der zu jeder Nachtzeit ein Strauß zu erwerben war, vorausgesetzt er kostete mindestens 50 D-Mark: bei Hegemann in Beuel. Ich habe Herrn Hegemann öfters im Schlafanzug oder Bademantel bewundern dürfen, denn am Preis scheiterte das Geschäft nicht. Mitunter erfuhr man den Grund des Blumenkaufs, mitunter bekam man die Herzensdame auch zu sehen.

Als Postillion d´amour machte man sich seine eigenen Gedanken. Der Phantasie auch des Lesers soll keine Grenze gesetzt werden.

Übrigens, auch Verhüterli wurden bestellt. Bei den Essensfahrten, war die Palette sehr groß: von der Tüte Fritten bis zum mehrgängigen Menü.

Immer schon spielten Alkoholfahrten eine große Rolle. die seit jeher auf freiwilliger Basis übernommen wurden. Weil es immer wieder zu Ärgernissen kam, wurden die Regeln mittlerweile verschärft: Alkohol nur gegen Vorkasse.

Bevor ich wenigstens von einem Erlebnis meines Alkohol-Lieferdienstes erzähle, möchte ich betonen, dass sich alles genauso zugetragen hat und alles auf Tatsachen beruht!!!!!!!!!

Mordsschrecken

Zu den festen Kunden meines „Lieferdienstes" zählte der schon recht betagte Professor N., der auf dem Venusberg wohnte. Ein Professor wie aus dem Bilderbuch, bzw. wie sich Lieschen Müller einst einen Emeritus vorstellen mochte: Er war von kleiner Statur, besaß einen Gelehrtenkopf, natürlich mit Brille, hinter denen die Augen ganz erstaunlich jungenhaft dreinschauten, die grauen Haare fielen bis auf die leicht gebeugten Schultern, stets trug er saloppe oder lässige Kleidung.

Kurzum, er war das, was man als ein Original bezeichnet. Im Laufe unserer Bekanntschaft führten wir manche für mich sehr anregende Plauderei über die verschiedensten Themen.

Einmal schenkte er mir einen Band mit Bildern des Zeichners A. Paul Weber[15] mit dem Autograph des Künstlers, den wir beide schätzten. Der Professor ließ sich regelmäßig mit einer Flasche Zinn 40, einem Kornbrand, versorgen. Es kam auch vor, dass er gegen neun Uhr eine Flasche bestellte und Stunden später eine Zweite.

Eines Abends machte er mir die Tür wie gewohnt mit einer einladenden Geste auf. Ich aber blieb wie angewurzelt stehen, denn in dem kleinen, spärlich erleuchteten Flur sah ich an der Wand einen zusammengerollten Teppich liegen, aus dessen einen Ende zwei in Pantoletten steckende Füße herausragten. Es musste sich also um eine weibliche Person handeln, die da eingerollt war. Keine Bewegung, kein Laut! Mich durchfuhr ein ungeheuerlicher Schrecken. Wer kann sich nicht denken, was mir durch den Kopf schoss?

„Herr Professor", „was ist das?", stammelte ich.

„Das? Das ist meine Putzfrau, total besoffen, schläft. Ich habe sie eingerollt".

---

[15] Andreas Paul Weber (1893-1980). Seine virtuosen und phantasievollen Bildreihen werden von Themen der Zeitkritik und politischer Satire beherrscht

Getarnte Gentlemen

Es war in den 80er Jahren, als ich gegen ein Uhr nachts die Gaststätte Castell verließ, wo ich einen Kaffee getrunken hatte. Da sah ich drei Typen auf mich zukommen sah, solche, bei denen man am liebsten diskret die Straßenseite wechseln möchte: Muskelshirts, martialische Tätowierung, einer mit Irokesenschnitt, ein anderer mit einem Ring durch die Nase. „Taxi free?", hörte ich, antwortete spontan „Yes", dachte aber zugleich: „Ärger vorprogrammiert". Und schon stiegen die drei Engländer ein, die so gar nicht wie englische Gentlemen ausschauten. Als Adresse nannte der neben mir sitzende, der recht gut deutsch sprach, ein kleines Hotel in Porz-Wahn. Schon bald waren alle meine Bedenken verflogen. Ich erinnere mich, dass er mich unvermittelt fragte: „Was sind Spätzle?" Ich erklärte, dass es sich um eine schwäbische Spezialität handele, die wie Nudeln als Beilage oder als eigenes Gericht gereicht werden. Wir hatten ein Thema gefunden: Die Besonderheiten oder Absonderlichkeiten der Küche diverser Länder. In Porz-Wahn angekommen, wurde ich gefragt, ob ich die drei um 6 Uhr früh abholen könne, sie müssten nach Hangelar in die Grenzschutzkaserne. Kaserne? In diesem Aufzug? Ich sagte mit nicht geringer Verwunderung zu.

Pünktlich um 6 war ich am Hotel, wo man schon auf mich wartete. Diesmal ging es in unserer Unterhaltung nicht um Küchenspezialitäten, denn ich erfuhr, dass die Herren zu einer englischen Anti-Terror-Polizei gehörten, die im Austausch mit der GSG 9 stand, einer Spezialeinheit der Bundespolizei zur Bekämpfung von Schwerstkriminalität und Terrorismus. Klar, dass wir nun reichlich Gesprächsstoff hatten.

Zu der Kaserne bin ich auch zuvor etliche Male gefahren, hatte die Schranke jedoch niemals passieren, das Riesengelände nie betreten dürfen. Das hatte mich gewurmt. Was einem verboten ist, hat ja oft einen besonderen Reiz. Jetzt aber: Als der Wachmann die Ausweise gesehen hatte, salutierte er, erklärte mir den weiteren Weg, die Schranke öffnete sich, wir wurden durch gewunken.

Das Gefühl, welches mich für einen Augenblick erfasste, ist nur schwer zu beschreiben, vielleicht manchem überhaupt nicht zu vermitteln. Ich fühlte mich irgendwie als etwas Besonderes, gehörte zum Kreis derer, die „befugt", die auserwählt sind.

Andere Länder, andere Sitten

In den neunziger Jahren löste ich meinen neu eingestellten Tagfahrer in der Kaiserstraße ab. Es ist wichtig, dass Tag- und Nachtfahrer sich gut verstehen. Daher war ich zeitig losgefahren, um reichlich Gelegenheit zum Austausch von Informationen, evtl. Ratschlägen, Wünschen etc. zu haben.

Als das Taxi eintraf, stellte ich verblüfft fest, dass mein neuer Kollege einen darin sitzenden Fahrgast abkassierte. „So ein Zufall", dachte ich, dass sein letzter Fahrgast gerade auch hier aussteigen wollte. Aber der blieb sitzen, während mein Tagfahrer, offensichtlich mit Migrationshintergrund, freudestrahlend auf mich zukam mit den Worten: „Kollega, ich habe schon Fahrgast für Dich". Den gewünschten Zielort nannte er mir auch. Peinlich! Ich war gefasst, allerlei harsche Worte zu hören.

Was blieb mir anderes übrig, als mich so schnell wie möglich ans Steuer zu setzen und mich bei dem nun mir überlassenen Fahrgast zu entschuldigen. Ich entschuldigte mich für den Umweg, der, wie sich herausstellte, nicht unbeträchtlich war, und für den doppelt zu zahlenden Grundpreis. Ein Verdacht auf Abzocke sei berechtigt, räumte ich ein, aber hier unterbrach mein Fahrgast meine Entschuldigungskaskade und sagte ganz ruhig:„Machen Sie sich keine Sorgen. Ich bin Journalist, aus Philadelphia, habe lange Zeit im Nahen Osten gearbeitet, ich kenne die Methoden nur zu gut". Er lachte und erzählte mir unterwegs von seinen weltweiten Taxi-Erfahrungen. Ich bewunderte die Gelassenheit dieses Weltmannes, der zuletzt auch am wohl doppelten Trinkgeld nicht sparte.

Meinen neuen Tagfahrer kennenzulernen, hatte ich allerdings kaum Gelegenheit, weil mein Chef weniger Gelassenheit oder gar Verständnis für dessen mitunter arg befremdliche Methoden hatte und wohl auch nicht haben durfte.

Rüschen-Höschen

Ich stand vor dem „Club 56", einem gehobenen Puff in Pützchen, um einen Fahrgast abzuholen. Die Tür ging auf. Ich staunte nicht schlecht, denn statt des erwarteten Kunden erschien eine junge Frau, die ich einige Male nach Hause gefahren hatte und als „Nora" kannte. Aber welch geradezu grotesken Anblick bot sie mir jetzt dar: Sie war „oben ohne" und auch sonst mehr als spärlich bekleidet. Sie trug ein Rüschenhöschen und am linken Fuß einen imposanten High Heel, der sie unsicher auf knicksende Art gehen ließ. In der Hand hatte sie einen Schlüsselbund. Ein paar Schritte, sie öffnete die hintere Wagentür und ließ sich mit einem Seufzer der Erleichterung auf den Sitz fallen. Abwehrend sagte ich: „So kann ich Dich nicht fahren. Bitte steig` aus". Sie weigerte sich. Ich versuchte es mit: „Du hast ja auch kein Geld dabei. Wie willst Du mich bezahlen?"

Sie weigerte sich wortlos. Was sollte ich machen? Ich fürchtete einen Eklat, außerdem tat sie mir leid. So orderte ich über Funk ein zweites Taxi für meinen eigentlichen Fahrgast an. Wir fuhren nach Hürth bei Köln, wo sie wohnte. Unterwegs ein großes Schweigen. Als ich vor ihrem Haus auf der rechten Seite parkte, stieg sie aus und stöckelte über die Straße. Ich sah ihr nach, nahm wahr, dass der Fahrer eines Tanklastzuges bei ihrem Anblick Mühe hatte, sein Fahrzeug in der Spur zu halten. Als die Haustür sich hinter ihr schloss, war ich erleichtert.

Nein, ich habe nie etwas über die Vorgeschichte dieser außergewöhnlichen Fahrt erfahren, auch nicht danach gefragt.

Das Geld für die Fahrt habe ich später erhalten.

Glücksspiele

Ich mochte ihn gern, diesen immer freundlichen, gut gelaunten, nicht nur wegen seiner Großzügigkeit allseits beliebten Kartoffelmann vom Bonner Wochenmarkt, habe ihn immer gern gefahren. Er mag ein Glücksspieler, ja, ein Zocker gewesen sein, was ging`s mich an. Übrigens er war ein Zocker besonderer Art, ein sehr disziplinierter.

Ich habe ihn öfters zum Casino in Bad Neuenahr gefahren. Dort gab er mir 20 D-Mark, um etwas essen zu gehen. Dann wusste ich schon, was kam, es hieß „Uhrenvergleich!", und wir trennten uns.

Pünktlich, nach exakt einer Stunde, stand ich wieder vor dem Casino, denn genau nach einer Stunde kam er heraus.

Einmal traf ich ihn in der Jahnstube in Beuel, wo er die Bekanntschaft einer Dame gemacht hatte. Auch das ein Glücksspiel. Mit unterschiedlichem Einsatz. Er schickte mich in seine Wohnung mit dem Auftrag, ihm 1.000 D-Mark zu holen. Dabei drückte er mir zwei Schlüssel in die Hand, einen für seine Wohnung, einen für den Tresor. Seiner Erklärung, hinter welchem Bild im Schlafzimmer sich der Tresor befand, fügte er die mir kurios anmutende Mahnung zu: „Aber bitte Schuhe ausziehen, wenn Du auf das Bett steigst".

Ich habe den Auftrag gern und gewissenhaft erledigt. Allerdings müssen wie so oft trotz meines guten Gedächtnisses manche Fragen offen bleiben. So erinnere ich mich nicht, ob dieses Ölbild über dem Bett, das eine Berglandschaft darstellte, auch über den obligatorischen Hirsch verfügte. Ich weiß auch nicht, ob der von mir überbrachte Einsatz für ein kleines Glück gereicht hat oder für ein großes oder er als Verlierer dastand. Eines weiß ich ganz gewiss: die Schuhe habe ich ausgezogen.

An seiner Stelle hätte ich vielleicht van Goghs Gemälde „Die Kartoffel-Esser" den Tresor beschützen lassen.

Zweifelhafte Wiedersehensfreude

Seit Beginn meiner Tätigkeit bin ich nachts gefahren. Um den fehlenden Tagfahrer wenigstens partiell zu ersetzen, habe ich sonntags in den 70er Jahren öfter auch ein paar Stunden zusätzlich übernommen.

„Wohin soll's denn gehen?", fragte ich die nicht mehr ganz junge Frau, die mir am Sonntagmorgen in der Maxstraße zugewinkt hatte. „Das weiß ich nicht", war die verblüffende Antwort. Erklärend fügte sie hinzu: „Ich habe gestern in einer Gaststätte einen netten jungen Mann kennengelernt und mit ihm einen schönen Abend verbracht. Als ich heute Morgen aufwachte, lag er nicht mehr neben mir. Leider weiß ich nur seinen Vornamen, er hieß Felix". „Meine Güte", erwiderte ich, „wie sollen wir denn diesen Felix finden?" Da berichtete sie weiter, er habe im Laufe des schönen Abends zu jemandem erwähnt, dass er am nächsten Tag in Bornheim an einem Fußballspiel teilnehmen werde. Immerhin, ein wenn auch vager Anhaltspunkt. Also auf, nach Bornheim zum Fußballplatz. Als wir dort ankamen, war tatsächlich ein Fußballspiel im Gange. Dass es sich bei den Spielern nicht um eine Altherrenmannschaft handelte, war deutlich zu erkennen. Wenn sich in mir auch eine gewisse Neugierde regte, die erneute Begegnung dieses ungleichen Paars mitzubekommen, ich war müde, wollte bis zur Halbzeit nicht warten. So fuhr ich gleich nach Bonn zurück. Unterwegs fiel mir ein Schlager von Peter Maffay[16] ein: „Ich war sechzehn und sie einunddreißig". Und ich überlegte, ob die Wiedersehensfreude nicht recht einseitig gewesen sein könnte. Schließlich hatte sich der nette junge Mann klammheimlich aus dem Staub gemacht, ohne eine Anschrift oder Telefonnummer zu hinterlassen. Und, wer weiß, vielleicht stand ja auch seine Frau oder Freundin am Fußballfeld.

---

[16] Peter Maffay: Und es war Sommer

Angst

Man hatte mich am späteren Abend zum „Wittelsbacher Hof" bestellt. Pompöser Name! Ein Angehöriger dieses Geschlechts wäre dort gewiss nicht eingekehrt. Zwei dunkle Gestalten standen vor dem Lokal, schüttelten ihre schwarzen Schirme aus und beeilten sich auf dem Rücksitz Platz zu nehmen. Als Fahrziel nannten sie Oberpleis. Dort, sagte der eine der beiden jungen Männer, würden sie mir den weiteren Weg weisen.

Kaum war ich losgefahren begannen sie miteinander zu flüstern. Sie sprachen Deutsch, das war klar, denn ich verstand das eine oder andere Wort. Über den Inhalt ihres Gesprächs konnte ich mir indessen keinen Reim machen. Aber wozu auch, das ging mich nichts an. Die Strecke war mir vertraut, die Straße frei, so gab ich Gas, wollte diese langweilige Fahrt rasch hinter mich bringen. Die beiden im Fond wechselten kein Wort mit mir. Ich hätte gern das Radio eingeschaltet, wollte sie, die sich unentwegt in Flüsterton unterhielten, aber nicht stören. So hörte ich statt Musik das vom Fahrgeräusch fast verschluckte Gemurmel und das monotone Klack Klack des Scheibenwischers, das mich immer an ein Metronom erinnerte. Es war ein trüber, ein grauer Regentag. In der Dämmerung waren wir losgefahren, nun wurde es zusehends dunkler.

„Im Dunkeln ist gut munkeln", ging mir durch den Kopf. Das hatte meine Mutter oft gesagt und mir das merkwürdige Wort erklärt: heimlich reden.

Als wir uns Oberpleis näherten, beugte sich der hinter mir sitzende vor und sagte: „Jetzt sage ich Dir, wo´s langgeht". „Gut", erwiderte ich, „aber sagen Sie mir doch auch, wohin Sie müssen. Einfach die Adresse". „Gibt es nicht", war die kurze Antwort". Merkwürdig", dachte ich, „ein Haus, eine Wohnstätte muss doch irgendeine Adresse haben". Unter der Leitung des Fahrgastes durchquerte ich den Ort, fuhr wieder ein längeres Stück Landstraße, ließ zwei, drei Dörfer hinter mir. „Jetzt weiter, immer geradeaus." Wieder vernahm ich hinter mir das Flüstern oder war´s nicht doch ein Tuscheln?

Als wir durch ein Wäldchen fuhren hörte ich die Stimme hinter mir plötzlich sagen: „Jetzt langsam". Ich drosselte die Geschwindigkeit. „Ja, hier abbiegen". Ich trat auf die Bremse. „Wo?", fragte ich, denn da gab es nur einen zwar breiteren, doch unbefestigten Waldweg. „Ja, hier!" sagte die Stimme". Da wohnt doch keiner", entfuhr es mir, tat jedoch, was er sagte, trotz eines mulmigen Gefühls.

Ich fuhr jetzt recht langsam. Der Regen hatte zwar aufgehört, aber in den Spurrillen des Forstwegs stand das Wasser. Ich hätte gern ein Gespräch angefangen, aber da begann das Getuschel von neuem.

Mein Argwohn wuchs. Irgendwann sagte ich mir: Vielleicht geht es gar nicht darum, wohin ich die beiden fahre, sondern wohin sie mich fahren? Wenn ich es mir auch nur widerwillig eingestand: Ich wusste, das Gefühl, das in mir hochstieg, war Angst, nackte Angst. Unvermutet mündete der Waldweg auf einer großen Lichtung, näherte sich sodann in einem großen Bogen dem Rand einer ausgedehnten Kiesgrube. Man hätte wahrscheinlich nur in ein schwarzes Loch geschaut, wenn da unten nicht einige Lampen ein mattes Licht gespendet hätten. Auch eine Hütte war zu erkennen, mit erleuchteten Fenstern. Und aus dem Kamin stieg Rauch auf. Auf einer Rampe, die nach unten führte näherten wir uns dieser Szenerie. Sie erinnerte mich an irgendeinen Kriminalfilm. Was führten die beiden im Schilde? Ich hielt an der Baracke. „Hier wohnen wir", sagte einer der jungen Männer, bezahlte mich und beide stiegen aus.

Mein Argwohn, der sich bis zur Angst steigerte, war völlig unbegründet. Jahrzehnte später sollte ich erfahren, wie wichtig jedoch so ein inneres Warnsystem sein kann.

Oben drüber und unten durch

Es gab eine Zeit, da wir Taxifahrer bestimmte, warum auch immer übel beleumdete Lokale anzufahren, verweigern konnten. Ich selbst habe mich an diese Regelung nie gehalten, die später meiner Meinung nach zu Recht aufgehoben wurde.

Einst stand ich am Halteplatz Suttnerplatz, vor mir nur ein Audi, die „Sieben Sechs". Ich bekam mit, wie der Kollege sagte: „Fienchen?" Diese Kaschemme nehme ich nicht an". Für mich kein Problem. Ich fuhr also zur Kasernenstraße. Der Fahrgast, den ich dort antraf, war zwar leicht angetrunken, daher recht redselig, verhielt sich aber durchaus gesittet.

Er wollte nach Siegen, was ich mit Freude hörte. Ich fuhr über Waldbröl, durch's Bröhltal und hörte mit Gleichmut seine selbstgefälligen Monologe an. Mit der Bemerkung: „Kannst ruhig die Uhr laufen lassen", ließ er mich bei einem besseren Imbiss in Ruppichteroth halten und lud mich zum Essen ein. Beim Schaschlik entwickelte sich dann sogar fast ein richtiges Gespräch. Ich erfuhr, dass er als Automatenaufsteller weit herumkam und durfte seine geschäftlichen Erfolge bewundern, mit denen er nicht wenig prahlte. Einige Kilometer vor Siegen fragte mich mein Fahrgast, ob ich die höchste Autobahnbrücke Deutschlands kenne. Als ich verneinte, wollte er sie mir unbedingt zeigen und zwar von oben. Auf seinen Wunsch musste ich einen größeren Umweg fahren, der über die Brücke führte, statt den direkten Weg unter der Brücke her zu nehmen. Ich saß am Steuer und es war dunkle Nacht.

Nein, der Umweg war, was die Aussicht betraf, nicht sonderlich lohnend, erhöhte jedoch meinen Lohn merklich.

Zu seiner Befriedigung gab ich mich dem Prahlhans gegenüber sehr beeindruckt, was sich später auch im fürstlichen Trinkgeld niederschlug. Ich nenne das Renommisten-Trinkgeld. Aber Geld ist Geld!

Schließlich endete die für mich lukrative Fahrt vor einem Lokal in Siegen. Seine erneute, mit leicht gönnerhafter Freundlichkeit ausgesprochene Einladung, ihn zu begleiten, schlug ich dankend aus und fuhr heim. Natürlich nahm ich den kürzesten Weg, den unter der Brücke durch. Nun aber mit dem Wissen: Ich „unterquere" die höchste Autobahnbrücke[17] Deutschlands.

---

[17] Die Siegertalbrücke ist heute mit ihren 106 Metern nur noch die siebt höchste Autobahnbrücke Deutschlands.

Pröbchen

Es war noch ganz zu Beginn meiner Tätigkeit als Taxifahrer. Da bot mir ein Kollege an, eine tägliche Festfahrt von ihm zu übernehmen. An allen Werktagen sollte ich um sechs Uhr eine Angestellte von ihrer Wohnung in der Ellerstrasse zur deutschen Vertretung der Firma Lancôme in Dottendorf fahren. Die Adresse des Firmensitzes „In der Raste" war mir von früheren Fahrten bekannt, verband ich sie doch mit einer Begebenheit, die eine eigene Geschichte verdient. Nicht bekannt war mir, dass es dort auch ein Auslieferungslager gab. Dieses Angebot habe ich gern angenommen, hatte ich doch damit eine garantierte Abschlussfahrt.

Schon am folgenden Tag lernte ich meine neue Kundin kennen. Sie war nicht so jung, wie ich erwartet hatte, dürfte die 50 schon überschritten haben. Sonst sah sie tatsächlich so aus, wie man sich die Mitarbeiterin einer solchen Firma vorstellte: eine wie man so blöd sagt „gepflegte Erscheinung", schlank, perfekte Frisur, sorgfältig, aber dezent geschminkt, elegant gekleidet, kurz gesagt: diese Dame hatte Chic. Nicht wenig befremdet war ich allerdings, als sie an der ersten Ampel einen Flachmann aus ihrer Tasche zog und einen kräftigen Schluck nahm. Und es blieb nicht bei dem einen. Das wiederholte sich bei den weiteren Fahrten. Der Flachmann war ihr ständiger Begleiter. Statt des zu erwartenden Trinkgelds schenkte sie mir ein Pröbchen aus dem Sortiment der Firma. An den folgenden Tagen erhöhte sie ihr „Trinkgeld", ich bekam zwei, dann drei, dann mehrere Pröbchen.

Bald wurden aus den Pröbchen Proben, d.h., statt der kleinen Gratis-Pröbchen, die als Muster der Werbung dienten, erhielt ich allerlei Kosmetika, auf denen ein „Not for sale" aufgedruckt war.

Für vieles hatte ich selbst keine Verwendung, nahm es aber gern. Denn die kleinen Präsente waren bei den mir bekannten, verwandten und vor allem befreundeten Damen sehr begehrt.[18]

---

[18] Ganz nebenbei: Nur meine Schwester klagte über Pickel, die sie der von mir geschenkten Creme zuschrieb.

Es dauerte nicht lang, da schlug meine Kundin vor, die Fahrten nur noch mit Ware zu bezahlen. Doch darauf ließ ich mich nicht ein. Sie aber ließ nicht locker, erhöhte den Wert ihrer Zugaben, d.h., sie gab mir allerhand Kosmetikprodukte, deren Verpackung leicht beschädigt war oder ganz fehlte. Ich ging davon aus, dass es sich um ausgesonderte Ware handelte.

Eines Tages erklärte meine Kundin, sie habe momentan kein Geld, um die Fahrten zu bezahlen, überreichte mir dabei aber eine Tüte mit verschiedenen Artikeln ihrer Firma. Ja, und dabei ist es dann geblieben.

Woher kam mein Sinneswandel? Als ich einmal meiner Schwägerin ein Parfüm zum Geburtstag überreichte, sagte diese: „Meine Güte, ein so teures Geschenk!" Hellhörig geworden habe ich mich daraufhin schlau gemacht bezüglich der Preise der mir regelmäßig zukommenden Präsente und staunte nicht schlecht. Meistens habe ich die Sachen verschenkt, das ein oder andere allerdings auch verkauft, eingedenk des Wortes „Ein schlechter Handel, wo nur einer gewinnt". Schließlich habe ich die Fahrten stets korrekt abgerechnet.

Nun gut, ich kann nicht leugnen, dass ich mir bei diesem Handel meinen Teil dachte. War nicht doch etwas Anrüchiges dabei?

Doch ich schob es immer wieder auf, der Sache auf den Grund zu gehen. Da starb meine Kundin und Geschäftspartnerin nach etwa drei Monaten ganz plötzlich.

Jedenfalls wird mir seit jener Zeit niemand mehr sagen können, dass er mich nicht riechen kann. Ich nehme für mich in Anspruch, einer der wohlduftendsten Taxifahrer weit und breit zu sein.

Die grosse Fresserei

Seiner Zeit hatte ich vier schwergewichtige Kollegen. Zwei von ihnen brachten weit über 200 Kilo auf die Waage.

Vor dem Eingang des „Argentinischem Steakhaus Churrasco", einem Kellerlokal am Kaiserplatz, verkündete eines Tages eine Tafel: „Für 10 D-Mark Rippchen, so viel, wie reingehen".

Ich weiß nicht, wer auf diese Idee gekommen ist. Jedenfalls beschlossen die Vier: „Wir essen Rippchen, wollen mal sehen, wie viel reingehen".

Dieses geplante Gelage sprach sich unter den Kollegen schnell herum. Ja, es wurde sogar über Funk durchgegeben. Auch der Tag und die Stunde des „großen Fressens" wurde bekanntgemacht.

Das starke Quartett traf sich also zur Abendstunde in dem Lokal. Alle bestellten Rippchen. Ich gehe davon aus, dass sie tüchtigen Kohldampf mitbrachten, daher werden sie die erste Portion ungeduldig erwartet und mit Heißhunger rasch verspeist haben. Der Kellner trat mit dem üblichen „Hat´s geschmeckt?" an den Tisch und fragte nach weiteren Wünschen. „Sehr gut", antworteten sie unisono und bestellten sich gleich eine zweite Portion der schmackhaften Rippchen, „Und bitte, für den Koch jedes Mal ein Bier", fügten sie hinzu. Als der Kellner die Teller mit den abgenagten Rippchen abräumen wollte, baten sie um einen großen Teller, auf dem sie diese zu sammeln gedachten. Es war ja kein Wettessen zwischen den Vieren, sie traten als Team an. Der ungewohnte Wunsch wurde ihnen erfüllt.

Auch den zweiten und dritten Gang verdrückten die gewichtigen Herren im Nu. Die Überreste des Mahls bildeten nun schon ein gehöriges Fundament für die geplanten Knochenpyramide.

Der größte Hunger war vermutlich nun gestillt, früher oder später auch der Appetit auf Rippchen, keineswegs jedoch das Vergnügen an ihrem Vorhaben. „Herr Ober!" Es ging ja nicht nur darum, sich für wenig Geld einmal richtig den Wanst vollzuschlagen, was die Werbung suggerierte, durch die sie sich herausgefordert, ja inspiriert fühlten.

Das ganze Vorhaben war auch eine Inszenierung, in die von vornherein weitere Spieler einbezogen waren. Außer dem Kellner und dem Inhaber des Lokals, vor allem die Kollegen.

Wir Kollegen verfolgten das Spektakel mit starker Anteilnahme. Hin und wieder betrat einer von uns das Lokal. Die Tafelrunde wurde mehr oder minder diskret beobachtet, vor allem aber der Knochenteller begutachtet, denn der verriet, was schon vertilgt worden war. Das Ergebnis der Prüfung machte dann die Runde. Über Funk tauschte man sich über die gefräßigen Kollegen aus: informierte die anderen über den neuesten Stand, kommentierte und spekulierte, wann sie die Rippchen satt haben würden. An Halteplätzen, ja überall, wo Taxifahrer zusammentrafen, gehörte dieses angekündigte besondere Souper zum Gesprächsstoff. Man erkundigte sich, bei der wievielten Runde die Vielfraße waren, wollte wissen, ob einer schon aufgegeben, sozusagen die Schnauze voll hatte. Die Vier hatten im Vorfeld ihres lukullischen Experiments den Mund allerdings so voll genommen, dass sie jetzt fast gezwungen waren, den Mund buchstäblich voll zu nehmen.

„Mit vollem Mund spricht man nicht!" Wer kennt diese Mahnung nicht? Und wer hat nicht schon das Wort „Gefräßiges Schweigen" vernommen? Ich kann mir nicht vorstellen, dass beim behaglichen Schlemmen und Schmausen, erst recht nicht beim hastigen Schlingen und In-sich-hinein-Stopfen viel geredet wurde.

Zu später Stunde hatte auch ich Gelegenheit dem Steakhaus einen Besuch abzustatten und mich davon zu überzeugen, dass die Vier noch immer an ihrer Tafel saßen und mit ihren Knabbereien alle Hände voll zu tun hatten.

Von der Höhe des sorgfältig aufgeschichteten Rippchenknochen-Turmes war ich sehr beeindruckt. Bei den vielen Portionen Rippchen, war allerhand Baumaterial zusammengekommen. Ich kann mir die Bemerkung nicht verkneifen: Das Ergebnis war museumsreif: eine bizarre Skulptur, ein Kunstwerk.

Statt des Kellners, der sie die ganze Zeit zuvorkommend bedient hatte, kam irgendwann der Geschäftsführer des Lokals an ihren Tisch:

140

„Meine Herren, wir haben leider keine Rippchen mehr. Sie dürfen sich jedoch auf Kosten des Hauses ein beliebiges Menü von unserer Karte bestellen". War´s Erleichterung oder war´s Enttäuschung, was sie verspürten?. Darüber kann ich leider keine Auskunft geben. Aber ich habe gehört, dass sich alle noch ein saftiges Steak schmecken ließen. Damit fand das Gelage seinen krönenden Abschluss. Oder wurde doch nur die bekannte Losung „Lieber den Magen verrenken, als dem Wirt etwas schenken!" beherzigt, wenn nicht auf die Spitze getrieben? Jedenfalls verschwand die Tafel mit dem einladenden Text.

Viktoria oder Viktor?

Ich stand vor einem Haus im Bonner Norden und fing an ungeduldig zu werden. Als die Tür sich endlich öffnete, erschien ein junges Paar von südländischem Aussehen. Der Mann hatte seine schwangere Frau mit einer Hand untergefasst und geleitete sie behutsam die wenigen Schritte zum Wagen. Als ich sah, wie beschwerlich die junge Frau sich bewegte, war meine Ungeduld sogleich verflogen. Ich stieg aus und bot meine Hilfe beim Einsteigen an. „Zum Elisabeth-Krankenhaus, bitte". Während der Fahrt hörte ich, wie der Mann beruhigend auf seine leise wimmernde Frau einredete. „Zum Elisabeth-Krankenhaus ist es nicht weit", versuchte ich mich selbst zu beruhigen, als das Wimmern lauter und drängender wurde, in klägliches Jammern, zuletzt in Schreien überging. Das sanfte Zureden des Mannes zeigte keine Wirkung. Von ihm hatte ich keine Anweisung zu erwarten. Er schien mir genau so hilflos wie ich. Aber ich musste handeln. Das doch eigentlich gar nicht mehr entfernte Krankenhaus, erschien mir plötzlich weit weg, unerreichbar.

Wir waren mitten auf der Viktoriabrücke, als ich rechts ausscherte und langsam, ganz vorsichtig soweit ich konnte an den hohen Bürgersteig fuhr und den Wagen mit Warnblinklicht zum Halten brachte. „Zentrale! Dringend!" „Ich höre"., meldete sich eine mir bekannte Stimme. „Sofort einen Notarzt auf die Viktoriabrücke!" An das, was ich sonst noch gesagt habe, erinnere ich mich nicht, erinnere mich nur, dass ich selten so aufgeregt, ganz durcheinander war. Wenig später erfuhr ich, dass der Inhalt meiner Botschaft angekommen war.

Was ich nicht wissen konnte: In meiner Nähe fuhr ein Kollege eine junge Frau zum Spätdienst ins Petrus-Krankenhaus. Diese hörte meinen Notruf im Taxi und rief dem Fahrer zu: „Fahren Sie sofort dorthin. Ich bin Krankenschwester, auch in Geburtshilfe ausgebildet". Mein Kollege kam als erster. Mit meiner Hilfe wendete er das Taxi auf der Brücke, so dass die Wagen hintereinander standen. Die Schwester wechselte in mein Taxi, das nun als Kreißsaal diente, zu dem Ehepaar.

Das Kind wurde geboren. Wir beide Taxifahrer hatten das gar nicht mitbekommen.

Wir standen etliche Schritte entfernt am Brückengeländer, redeten und rauchten. Beide hatten wir getan, was wir tun konnten. Jetzt fühlten wir uns machtlos und überflüssig, wir konnten nur abwarten. Nicht lange, und es traf der Notarzt ein, kurz darauf ein Krankenwagen. Und dann ging alles ganz schnell. Unsere Hilfe war dabei gar nicht gefragt. Bald schon wurden das Neugeborene und seine Eltern abtransportiert. Bevor sie ins Taxi meines Kollegen stiegen, unterrichtete die Krankenschwester uns mit knappen Worten über das Geschehen: dramatische Geburt. Alles gut! Dann war ich allein, war sehr aufgewühlt, musste erst mal zur inneren Ruhe kommen.

Schließlich ging ich zum Taxi, um meine Arbeit wieder aufzunehmen. Keiner hätte bemerkt, welch' dramatisches, letztlich aber beglückendes Ereignis sich in dem Wagen abgespielt hatte, wenn da nicht ein mir unerklärlicher durchdringender Geruch gewesen wäre. Auch kräftiges Lüften konnte ihn nicht beseitigen. Deshalb habe ich meine Arbeit abgebrochen und den Wagen zu unserem Betrieb gefahren.

Ich habe nicht erfahren, ob das Kind, das in meinem Taxi zur Welt gekommen ist, ein Mädchen oder Junge war, es eine kleine Viktoria[19] oder ein kleiner Viktor*[20] war. Egal, möge sie oder er bei allen Schwierigkeiten im Leben letztlich den Sieg davontragen, wie bei der Geburt.

---

[19] abgeleitet von: Victoria = Sieg, Siegesgöttin
[20] Victor = Sieger

Der Überfall 1

Ich bin oft genug gefragt worden, ob mir nicht schon etwas Schlimmes zugestoßen sei. „Hin und wieder hatte ich Betrunkene im Auto, aber nie hat mir einer ins Taxi gekotzt. Auch aggressiven Leuten bin ich begegnet – früher übrigens seltener als heute – doch auch die habe ich so oder so beruhigen können. Nein, etwas wirklich Schlimmes ist mir persönlich noch nie passiert". So lautete meine Antwort bis zum September 2017, einem Tag nach der Bundestagswahl.

An diesem Tag stand ich gegen drei Uhr Nachts am Kaiserplatz in der Hoffnung, vom nahegelegenen „Casino" noch Fahrgäste zu erhalten. Da las ich im Display „Bonner Hauptbahnhof anfahren". So fuhr ich also zum Bahnhof. Dort sah ich gerade noch einen Kollegen mit einem Pärchen wegfahren, stand nun allein am Bahnhof. Nach etwa fünf Minuten traten drei junge Männer an meine Taxe und stiegen ein. Einer vorn, zwei nahmen hinter mir Platz. Der hinter mir saß, sagte in unerwartet akzentfreiem Deutsch: „Zum Wasserland bitte!" Meine scherzhafte Frage: „Wollt Ihr da jetzt Fußballspielen?", denn beim „Wasserland" handelt es sich um eine große Sportanlage, wurde mit Schweigen quittiert. „Auch gut", dachte ich mir. Und so hörte man zunächst nur „Piep, Piep, Piep!" Einer der beiden auf dem Rücksitz, der Hintere, erklärte dem Vordermann erst auf Deutsch, dann auf Arabisch, er solle sich anschnallen. Das Piep-Signal verstummte. Natürlich verstand ich kein Wort von dem, was gesprochen wurde, nur dass es sich um Arabisch handelte, meinte ich zu hören.

Am Parkplatz vor dem „Wasserland", vorn an der Straße hielt ich. Ich hörte wiederum den hinter mir Sitzenden sagen: „Fahren Sie bitte ganz nach hinten durch". Dort war es ziemlich dunkel, vorn an der Straße aber war es ausgeleuchtet. So bin ich lediglich noch etwa 10 Meter auf den Parkplatz gefahren. Hatte ich Angst, dass die drei, ohne zu bezahlen, abhauten? Oder war es Angst vor Ärgerem? Ich weiß es nicht.

Als ich zum Stehen kam, ging auch schon das Geschrei los: „Geld, Geld, Geld!" Ich erblickte ein Messer, das mein Nebenmann mir an den Hals hielt. „Geld, Geld!" Zugleich spürte ich etwas Zweites von hinten am Hals, das ich ebenfalls für ein Messer hielt, das – wie sich später herausstellte – eine abgeschlagene Flasche war. „Geld, Geld!" Es war Angst, nackte Angst war es, die mich, ohne zu überlegen, in diesem Augenblick handeln ließ: Ich öffnete die Tür und ließ mich aus dem Wagen fallen, sprang auf und rannte davon, rannte auf die Häuser der Karl-Barth-Straße zu. „Polizei, Polizei!"

Auf die Frage, warum ich nicht auf den in jedem Taxi vorhandenen Alarmknopf gedrückt hatte, kann ich nur sagen: Ich wollte einfach nur raus!

Von weitem beobachtete ich, wie die drei mein Taxi in aller Eile inspizierten und dann in Richtung der Schrebergärten fortliefen.

Später stellte sich heraus, was die Räuber erbeutet hatten: Ein iPad, eine Taschenlampe, eine Lesebrille im Wert von 2,50 Euro und meinen Autoschlüssel.

Mein Portemonnaie, im Schubfach unter dem Fahrersitz und mein i-Phone, auf dem ein Quittungsblock lag, hatten sie in der Eile nicht gefunden.

Nach guten 15 Minuten kam ein erster, dann trafen weitere Streifenwagen ein.

Mein Taxi wurde zur KTU, zur Kriminaltechnischen Untersuchung, abgeschleppt. Mich nahmen zwei Kripobeamte zum Polizeipräsidium mit, wo ein Protokoll über den Überfall aufgenommen und meine DNA gesichert wurde. Auf das Angebot, einen Psychologen hinzuzuziehen, verzichtete ich. So brachte man mich nach Hause. Trotz großer Müdigkeit konnte ich lange nicht einschlafen, weil ich das Geschehen einfach nicht aus dem Kopf bekam, es verfolgte mich bis in den Schlaf hinein. Und beständig grübelte ich, ob ich alles richtig gemacht hatte, ob ich mich hätte anders verhalten sollen, oder – das war quälend, malte mir aus, was hätte geschehen können, wenn... Ebenso zwanghafte wie müßige Gedanken.

In weiteren Terminen bei der Kripo musste ich mir hunderte von Bildern anschauen. Ich hatte keine Person identifizieren können. Die beiden auf dem Rücksitz hatte ich ja kaum gesehen. Nur den, der neben mir saß, habe ich beschreiben können und auch, wie er gekleidet war.

Ich hatte zwar sehr gehofft, aber nicht geglaubt, dass die Täter ermittelt werden können. Kommissar W. war auf Grund der gesicherten Spuren allerdings anderer Meinung. Er teilte mir mit, dass man an der Klappe des Sicherungskastens und auch sonst im Auto viel Blut gefunden habe, das eindeutig von den Tätern stammen musste. Und unter den hunderten von Fingerabdrücken fände man vermutlich auch die der Täter.

Ich war eben dabei, den Tannenbaum zum Weihnachtsfest zu schmücken, als ich einen Anruf des Kommissars erhielt: „Ich habe ein kleines Weihnachtsgeschenk für Sie. Einen Täter haben wir festgenommen".

Kurz danach wurde der Zweite gefasst, der mich mit dem Messer bedroht hatte.

Ich bin ganz bewusst schon in der Nacht nach dem Überfall wieder Taxi gefahren. Als zwei junge Männer, Südländer, die ich nach Bornheim gefahren hatte, mich baten, auf einem Schulhof weiter nach hinten durchzufahren, erklärte ich allerdings sehr bestimmt: „Ich bleibe hier vorne stehen!"

Der Überfall 2. - Gerichtsverhandlung

Nach einigen Monaten fand die öffentliche Gerichtsverhandlung gegen zwei der Täter wegen bewaffneten Raubüberfalls vor dem Landgericht Bonn statt. Der große Saal war mit Zuschauern bis zum letzten Platz gefüllt.

Vorsitzender Richter Schmitz-Justen sprach mich vor der Verhandlung an: „Seien Sie nicht nervös, wir bringen das hier ganz schnell über die Bühne". Ich machte meine Aussage. Der Anwalt des einen Angeklagten bat den Richter um eine halbe Stunde Pause, um sich mit seinem Klienten zu beraten. Richter Schmitz-Justen sagte zu mir: „Kennen Sie unsere schöne Kantine? Da gehen wir zwei jetzt Kaffee trinken. Wir haben da oben nur ein Problem: Wir dürfen nicht an einem Tisch sitzen".

Bei einem Kaffee genoss ich die schöne Aussicht über die Stadt. Dann wurde die Verhandlung fortgeführt. Ich wurde noch zu einigen Sachverhalten befragt. Anschließend hieß es, dass ich im Zuschauerraum Platz nehmen oder nach Hause gehen könne. Ich fuhr nach Hause.

Später erfuhr ich, dass der ältere zu viereinhalb, der jüngere zu dreieinhalb Jahren Haft verurteilt wurde, außerdem, dass bei der Verhandlung der dritte Täter ermittelt wurde. Der saß schon im Gefängnis als Mitglied einer Bande, die im Rhein-Sieg-Kreis Supermärkte überfallen hatte.

Wochen später musste ich zur zweiten Verhandlung gegen diesen Täter. Als ich im Zeugenstand war, sagte Richter Schmitz-Justen zu mir: „Sie wissen, wie das hier läuft, Sie waren ja gerade hier. Sie müssen die Wahrheit sagen". Er machte eine kleine Pause und fuhr dann fort: „Und jetzt erzähle ich Ihnen einen Witz: Hier im Gerichtssaal sitzt eine Person, die vor einigen Monaten mit zwei Kumpels in eine Taxe gestiegen ist. Dann wäre er darin eingeschlafen. Als er durch ein Getöse wach geworden ist, musste er feststellen, dass die beiden den Taxifahrer überfallen hatten".

Diese wahnwitzige Geschichte hat dem Kerl nicht geholfen, auch er wurde verurteilt.

Für mich war es eine Genugtuung, dass alle drei Täter gefasst und abgeurteilt wurden. Damit war dieses dramatische Kapitel für mich abgeschlossen.

Der Angeber

Am Bahnhof stieg ein Ehepaar ein mit viel Gepäck. Er, sehr fein, aber ganz europäisch gekleidet, sie mit Burka, die das Gesicht bis auf eine schmale Augenpartie verdeckte. Die beiden waren wohl schon lange unterwegs, denn sie machte einen ermüdeten, ja erschöpften Eindruck. Beim Verstauen des Gepäcks sah ich, dass er ein Saudi war. Er reichte mir einen Zettel, mit der Adresse „Waldhäuschen", einer Pension, ganz in der Nähe der Universitätsklinik. Vor der Pension warf er einen abschätzenden Blick auf das Gebäude, machte keine Anstalten auszusteigen und sagte abschätzig: „No, no, no, better hotel!"

Jetzt war ich gefragt, also fuhr ich ihn zum unweit gelegenen „Dorint", einem 4-Sterne-Hotel. Während die Frau im Auto blieb, begleitete ich ihn zur Rezeption. Dort stellte sich heraus, dass alle Zimmer belegt waren. Da verlangte er nach dem Hoteldirektor. Die Rezeptionistin ignorierte zwar diese Forderung, hörte sich aber geduldig seine sonstigen Wünsche oder Anliegen an. Dem in Englisch geführten Dialog der beiden zuzuhören, machte mir durchaus Vergnügen. Keineswegs nur, weil im Taxi die Uhr weiter lief. Denn wenn ich auch nicht alles verstand, so sprachen Mimik Gestik und der Tonfall doch Bände. Sie – gleichbleibend ruhig und freundlich – er - zusehends aufgebrachter, fordernder und anmaßender. Kurzum, er verlangte eine angemessene „Residenz" in der Nähe der Uni-Klinik, in der seine Frau behandelt werden sollte. Nachdem sie eine Reihe von Telefonaten geführt hatte, sagte die Rezeptionistin zu mir: „Bitte, fahren Sie den Herrn in das Hotel „Präsident", gleichfalls ein Haus mit 4 Sternen. Mit einem kleinen Lächeln und verstohlenem Augenzwinkern fügte sie halblaut hinzu: „Der Herr wollte schon das Hotel kaufen".

Beim Einsteigen registrierte ich, dass die Frau auf dem Rücksitz des Wagens inzwischen fest eingeschlafen war.

Und – was soll ich sagen? – im Hotel „Präsident" wiederholte sich das Spiel. Nach einem längerem Gespräch an der Rezeption, erwies es sich, dass auch dieses Hotel den hohen Ansprüchen meines Fahrgasts nicht entsprach. Weshalb? Keine Ahnung! War mir nun auch schnurzpiepegal. Nun ja, die Uhr lief, ich war dennoch nun genervt und spürte, wie Ärger in mir hochstieg. Natürlich ließ ich mir nichts anmerken, sondern wartete ergeben auf eine neue Anweisung. Diese lautete für mich wenig überraschend: „Fahren Sie den Herrn zum „Bristol", dort sind für den Herrn geeignete Zimmer frei". Dieses zweifache „den Herrn", wie auch der gewisse Unterton des Nachtportiers, ließen mich feine Ironie und ein zwischen uns herrschendes Einvernehmen spüren.

Am Hotel „Bristol" angelangt, wartete ich nicht erst ab, ob mein Fahrgast die angebotenen Zimmer für sich geeignet hielt, sondern kassierte den Fahrpreis. Während er seine Ehefrau recht unsanft aus ihren Träumen riss und mir zugleich durch einen Wink zu verstehen gab, ich möge ihm sein Gepäck nachtragen.

So folgten wir – die schlaftrunkene Frau und ich, beladen wie ein Muli – dem hohen Herrn in die Empfangshalle des Hotels. Dort verabschiedete ich mich sehr knapp. Obwohl sich die Fahrt für mich wegen der Suche nach einem dem Herrn zusagendem Hotel gelohnt hatte, war ich heilfroh, diesen dünkelhaften Fahrgast endlich los zu sein.

Übrigens, Trinkgeld? Fehlanzeige! Vielleicht musste der Herr ja sparen, wenn er beabsichtigte, in Deutschland ein Hotel zu erwerben.

Leid tat mir seine Frau, die nach einer sicher schon anstrengenden Reise, noch einen Gutteil der Nacht in meinem Taxi hatte verbringen müssen.

De Prinz kütt

Alle Taxifahrer nannten ihn nur den „Prinz". „Der Prinz ist wieder da", hieß es. Es war auch die Rede von sagenhaftem Reichtum und großer Freigiebigkeit. Jeder könne sich glücklich schätzen, ihn oder jemanden aus seiner Begleitung als Fahrgast zu haben. Wer war dieser sagenhafte Prinz? Er kam aus Katar, gehörte einer Herrscherfamilie an. Bonn hatte er anlässlich einer medizinischen Behandlung kennen und – ich darf sagen – lieben gelernt, denn er kam immer wieder nach Bonn zurück.

Eines Tages kreuzten sich auch unsere Wege. Ich fuhr ihn von einem Restaurant zum Hotel „Dorint", wo er mit seinem „Gefolge" regelmäßig Quartier nahm. Trotz meiner bescheidenen Englischkenntnisse kamen wir gleich gut miteinander ins Gespräch.

Bevor er ausstieg, bat er mich um meine Visitenkarte. Schon am folgenden Tag rief er mich an. Fortan ließ er sich bei seinen oft länger dauernden Bonn-Besuchen öfters von mir fahren. Warum er gern auf mich zurückgriff? Eigentlich weiß ich das gar nicht. Ich kann nur sagen, dass wir uns gleich sympathisch waren.

Im Laufe der Zeit entwickelte sich – ich darf sagen – ein fast vertrautes Verhältnis zwischen uns.

Ich fühlte mich nicht nur als Taxifahrer respektiert, sondern als Person. Er sprach selbst davon, dass er Respekt vor mir habe. Obwohl wir Taxifahrer ihn bei seinem Vornamen nennen durften, bewahrte ich ihm gegenüber ganz selbstverständlich respektvolle Distanz.

So war es jedes Mal eine Freude, ihn fahren zu dürfen. Und er bekundete ebenfalls seine Freude, wenn wir uns trafen.

Manchmal musste ich ihn zum Einkaufen fahren. Gleich in welchem Geschäft wir waren, stets forderte er mich auf, ihn zu begleiten und gab mir sogar zu verstehen, dass ich mich gern auf seine Kosten bedienen könne. Bemerkte er meine Zurückhaltung, dann wählte er selbst oft irgendetwas für mich, von dem er annahm, es könne mir Freude machen. Und das tat es wirklich.

Eine Fahrt mit dem Prinzen bleibt mir unvergesslich.

Er bat mich unerwartet am Brassert-Ufer unterhalb des Alten Zolls anzuhalten, stieg aus, ging die paar Schritte bis zum Geländer der Rheinuferpromenade, wo er stehen blieb. Auch ich stieg aus, um eine Zigarette zu rauchen, doch der scharfe Wind, der ohne Unterlass blies, löschte die Flamme meines Feuerzeugs immer wieder aus. Da winkte mir der „Prinz", und als ich bei ihm stand, wies er wortlos mit einer Hand auf den Anblick, der sich uns darbot:

Gegenüber die Silhouette der beleuchteten Beueler Promenade, deren Lichter auf den vom Windsturm erzeugten kleinen Wellen zuckten.

In der Ferne sah man das Panorama des Siebengebirges. Drachenfels und Drachenburg wirkten angestrahlt geradezu geheimnisvoll.

Und über uns jagten die dunklen Wolken, verdeckten immer wieder den bleichen Vollmond, gaben ihn dann wieder frei, so dass sein fahles Licht die Erde beschien. Und vom unter uns plätschernden Rhein zog es kühl in die Glieder. Mich fröstelte, während der Prinz die frische Kühle der Nacht genoss. Beide standen wir längere Zeit schweigend und betrachteten dieses Schauspiel. Ich freute mich, dass der Prinz diesen Anblick mit mir teilen wollte.

Als wir später an Hotel ankamen, hatte der Wind nachgelassen, der Himmel klarte auf. Über mir ein prachtvoller Sternenhimmel. Auf der Fahrt in die Stadt summte ich vor mich hin: „Weißt du, wie viel Sternlein stehen?"

Der Lack ist ab

Anfang der 70er Jahre wechselten die Taxen ihre Farben von Pechschwarz auf Hellelfenbein. Den Unternehmern, denen die Umlackierung teuer zu stehen kam, wurde eine Übergangsfrist von fünf Jahren eingeräumt.

Uns Taxifahrern war die helle Farbe nicht unlieb, denn – wie beim eleganten dunklen Anzug sah man auf dem dunklen Lack auch eher den Schmutz. Außerdem kam der Fahrer in den helleren Farben in den heißen Tagen im Sommer weniger leicht ins Schwitzen.

Wenn ich an die für die Taxis vorgeschriebene Farbe denke, kommt mir immer gleich eine Fahrt nach Polen in den Sinn. Seit den 70er Jahren bin ich recht häufig nach Polen gefahren, zunächst zum Verwandtenbesuch, bald darauf, um neue gute Freunde zu besuchen. In jenen Jahren war manche dieser Reisen mit Abenteuern besonderer Art verbunden.

Als mein damaliger Unternehmer von mir hörte, dass der Farbwechsel in Polen beträchtlich preiswerter sei als in Deutschland, wurde er hellhörig. Denn er besaß einen kackbraunen Mercedes 200/123 als Privatwagen, den er gern als Taxi einsetzen wollte.

Wir kamen überein, dass ich den Wagen in Polen um lackieren lassen sollte. Den Lack musste man allerdings mitbringen, RAL 1015.

Eines schönen Tages ging es also mit dem Kackbraunen los. Die Fahrt verlief erstaunlich reibungsfrei. Keine allzu großen Aufenthalte und keine Schikanen an den Grenzübergängen der DDR.

An der polnischen Grenze, so meinte ich frohgemut, werde auch alles glatt gehen. Bereitwillig öffnete ich dort die Klappe des Kofferraumes, wusste ich doch, dass ich nichts Verbotenes mit mir führte. Eine ebenso rasche wie lustlose Inspektion durch den polnischen Zöllner und schon bedeutete er mir, ich könne die Klappe wieder schließen. Als ich es erleichtert tat, stutzte er plötzlich und wies auf einen nun sichtbaren Aufkleber. „Co to jest? Was ist das?", hörte ich ihn sagen. „Ich weiß nicht", antwortete ich, „ein Drache?" fügte ich etwas unsicher hinzu. „Natürlich, ein Drache", durchfuhr es mich. Mir wurde schlagartig klar, worauf der gute Mann hinauswollte, denn in großen Buchstaben stand unter dem grimmigen Tier „Wormditt". Ich ahnte ja nicht, dass die heimattreue Mutter meines Chefs den Kackbraunen mit dem Wappen ihres ostpreußischen Heimatortes Wormditt geschmückt hatte. Jedenfalls hatte ich mir nichts dabei gedacht. Ich war verblüfft, dass der polnische Grenzbeamte erkannte, dass es sich bei diesem deutschen Wormditt um das nun polnische „Orneta" handelte. Man durfte doch nicht einmal eine Karte mit deutschen Namen nun polnischer Orte mit sich führen. Wie viel mehr musste solch ein Aufkleber Anstoß erregen. „Was ist das?" hörte ich erneut den strengen Staatsdiener fragen. Was blieb mir übrig, als mich weiter dumm zu stellen? So wiederholte auch ich nachdrücklich „Ich weiß es nicht!". Ob er mir die Lüge abkaufte oder nicht, jedenfalls lotste er mich auf einen freien Parkplatz und wies mich an, den Aufkleber zu entfernen.

Da stand ich also und kratzte und kratzte. Ich kratzte nach und nach den Drachen weg, dann Buchstabe für Buchstabe das „Wormditt". Es war gar nicht so leicht, weil ich kein geeignetes Werkzeug zur Hand hatte. Zum Glück musste ich ja nicht aufpassen, dass ich keine Kratzer im Lack machte.

Nachdem er mein Werk genüsslich inspiziert hatte, ließ mich der Grenzbeamte endlich weiterfahren.

Die Fahrt nach Thorn zu meinem Freund verlief ohne Störung.

Nach wenigen Tagen konnte ich in der Lackierwerkstatt den ehedem Kackbraunen abholen. Zu meiner Freude war sogar der durchgerostete Holm ohne Aufpreis ausgetauscht. Mein Chef würde rundherum zufrieden sein. Der Kackbraune hatte sich in ein makelloses hellelfenbeinfarbiges Taxi ohne Aufkleber auf der Heckklappe verwandelt.

Zuckermann oder Taxi nach Polen

Taxiunternehmer Albert Körfer, alle nannten ihn stets nur „Zuckermann", auch ich, zumal ich anfangs dachte, es sei sein Familienname. Er dagegen war der einzige meiner Kollegen, der mich stets mit dem vollen Vornamen anredete. Also, Zuckermann kam Mitte der 1980er Jahre zu mir: „Christoph. Du fährst doch häufig nach Polen,. Wie wär's, könnten wir nicht mal gemeinsam fahren?" Meiner erstaunten Frage zuvorkommend, erklärte er mir, er habe in seinem Jugoslawien-Urlaub eine nette junge Polin aus Bialystok nahe der russischen Grenze kennengelernt. Und diese Dame wolle er nun gern besuchen. „Warum nicht", sagte ich, denn schon die Fahrt nach Torun (Thorn), wo meine Freunde wohnten, sei weit und zu zweit sei sie gewiss kurzweiliger.

Ich hatte damals einen guten Draht zur polnischen Botschaft, besorgte daher nicht nur die Visa für uns, sondern es gelang mir sogar, uns von dem teuren Pflichtumtausch[21] zu befreien. Zuckermann hingegen stellte sein Taxi für die Fahrt zur Verfügung, weit bequemer als die Karre, die ich seinerzeit fuhr. Das Taxischild und der Funk waren rasch entfernt und schon konnte es losgehen.

Als wir uns Helmstedt näherten, dem Grenzübergang zur DDR, schärfte ich dem Kollegen ein, nicht immer das Wort „Ostzone" im Munde zu führen. „Dieses Wort ist tabu, wenn wir nicht gleich umkehren wollen". Er hat trotzdem geredet, wie ihm der Schnabel gewachsen war, also Bönnsch. Ich nahm an, dass die Grenzbeamten sich gar keine Mühe gaben, den rheinischen Dialekt zu verstehen. Jedenfalls konnten wir weiterfahren.

Ganz anders verhielt sich dieser dicke DDR-Zöllner an der Grenze nach Polen, der selbst sächsisch sprach. Warum er uns heraus gewunken hat, ist mir schleierhaft. Nachdem er unser Gepäck gründlich inspiziert, aber nichts gefunden hatte, was sein Misstrauen

---

[21] Pflichtumtausch zu einem äußerst ungünstigen Wechselkurs damals 36 D-Mark pro Aufenthaltstag.

hätte bestätigen können, ließ sich Kollege Zuckermann zu der Bemerkung hinreißen: „Wat sökste denn überhaupt, mer han doch nix". Worauf ihn der Zöllner anherrschte, er verbäte sich geduzt zu werden und daran ging, auch noch unseren Wagen in näheren Augenschein zu nehmen. Er befahl uns, erst die Türverkleidung, dann die Radkappen abzumontieren. Zuckermann, von Beruf Automechaniker, hatte zwar das dafür notwendige Werkzeug dabei, stellte sich jedoch dumm. „Wie geht dat?" So sah sich der Fettwanst genötigt, alles zu erklären. „Da nehmen Sie einen 14er Schlüssel". „Wat soll isch nemme?" So ging es immer weiter. Dieser rheinisch-sächsische Dialog hörte sich zwar recht spaßig an, kostete aber wieder Zeit, nämlich gute zwei Stunden, und mich auch Nerven.

Die polnische Grenzkontrolle hielt sich diesmal in Grenzen. Als wir endlich weiterfahren durften, gab ich Gas und durchfuhr prompt kurz danach eine Radarkontrolle. Die Leutseligkeit von Zuckermann kam bei diesen Ordnungshütern gut an. Wir mussten 10 D-Mark Strafe berappen, ohne Quittung zwar, dafür zeigte man uns auf einer Straßenkarte den Ort, vor dem die nächste Kontrolle auf uns lauerte.

In Thorn trennten wir uns. Zuckermann musste eilig weiter, um seine Angebetete nicht zur Unzeit aufzusuchen. Nach 8 Tagen ging`s dann wieder gemeinsam in Richtung Heimat.

An der Grenze Frankfurt/Oder wurde – es war kurz vor Ostern mit starkem Verkehr – zügig abgefertigt, selbst die DDR-Grenzbeamten beließen es bei der Gepäckkontrolle

Als wir in der Schlange schon ganz weit vorn standen, sagte ich zum Kollegen Zuckermann: „Guck mal, wer da steht? Ist das nicht dieser Fettwanst der uns auf der Hinfahrt auseinandergenommen hat?" Ehe ich ihn hindern konnte, stieg Zuckermann aus, ging auf den Dicken zu, der auf der Nebenspur kontrollierte und sagte laut vernehmlich: „Heh, kennste mich noch?" "Woher soll ich Sie kennen?" lautete die Antwort. „Do häs uns doch vör 8 Dach he total useinanderjenomme". „Ach so", erwiderte der Dicke und rief gleich darauf seinem Kollegen zu: „Die zwei mache ich!" Wir mussten zwar nicht wieder unseren Wagen auseinandernehmen, verloren aber eine gute Stunde. Zum Glück wurde später in Helmstedt nur kontrolliert und nach „Republikflüchtlingen" gesucht, und Zuckermann, der sich von mir genügend Vorwürfe hatte anhören müssen, sagte kein überflüssiges Wort. Von nun an konnten wir auch wieder schneller fahren, schließlich lag noch eine große Strecke vor uns. Wir hatten verabredet, uns am Steuer regelmäßig abzuwechseln.

So machte ich es mir im Fond bequem und fiel im Nu in tiefen Schlaf. Als ich wieder aufwachte stellte ich fest, dass Zuckermann weit über 400 Km gefahren war. Wir waren zu Hause. Das besänftigte meinen Unmut. Tage später erschien unter der Überschrift „Der Liebe wegen mit dem Taxi nach Polen" ein Artikel im „Express". Darin wurde fälschlicherweise nahegelegt, man hätte eine normale Taxifahrt nach Polen unternehmen können. Das war damals allerdings völlig unmöglich.

Also, langweilig war meine Polen-Fahrt mit Zuckermann bestimmt nicht. Dennoch war ich nicht ganz unglücklich darüber, dass die heiße Liebe zwischen Zuckermann und der netten Polin recht bald erkaltete.

„Dann fragste nochmal"

Kurz nach der sogenannten „Wende", d.h. nach der Wiedervereinigung 1990, mussten nicht nur Bonner Taxifahrer vieles dazulernen. Bis dahin hatte der eine oder andere ja schon mal das Glück vom Fahrgast unverhofft als Zielort der Fahrt – sagen wir mal - Stuttgart zu hören. Zu leicht? Nun, wie wäre es beispielsweise mit Calw? Ja, wo liegt das denn? Das kann er, aber muss es nicht wissen. Aber er muss sich rasch kundig machen können, muss sich zu helfen wissen.

Damals verfügten die Taxen noch nicht über Navigation. Die ersten Geräte steckten auch noch in den Kinderschuhen und waren sündhaft teuer.

Kurz nach der Wende. Da kam ein älteres Ehepaar aus dem Hotel „Ibis" und wollte nach Erfurt. Ich hörte den Kollegen bei der Zentrale über Funk fragen: „Wie komme ich nach Erfurt?" Wenn die Zentrale viel zu tun hatte, gab sie die Frage über den Sendefunk 1 an alle weiter. Ich hörte: „Schaltet mal auf Kanal 2 und erklärt dem Kollegen, wie er nach Erfurt kommt". Auch ich schaltete um, weil ich mich in der DDR gut auskannte, denn ich bin oft dort gewesen. Schon als man noch „Ostzone" oder einfach nur „Zone" sagte oder „SBZ", das Kürzel für „Sowjetische Besatzungszone".

Ich kam allerdings gar nicht durch, hörte nur ein unverständliches Stimmengewirr. „Wie schön", dachte ich, „viele Kollegen wollen helfen". So hielt ich mich erst einmal zurück, zugegeben, auch durchaus gespannt auf das, was ich zu hören bekommen würde.

Als sich schließlich einer der Kollegen durchgesetzt hatte, hörte ich: „Du fährst in Richtung Dortmund, da kommste ans Kamener-Kreuz, da fährste rechts ab, Richtung Hannover, dann kommt Braunschweig, dann kommt Helmstedt, der ehemalige Grenzübergang. Dann fragste nochmal nach. Aber dann biste bald da".

„Da biste noch lange nicht da!", schaltete ich mich ein „Außerdem bist Du so einen Umweg von ca. 250-300 Kilometer gefahren". Dann erklärte ich ihm: „Die A3 bis nach Limburg, dort raus, die Bundesstraße 49 bis nach Gießen, dann auf die Autobahn Richtung Kassel, am Kirchheimer Dreieck rechts ab, über den ehemaligen Grenzübergang Herleshausen Richtung Leipzig, dann Eisenach, an der Wartburg vorbei. Dann, ja dann biste wirklich bald da"!

Huckepack

Früher rechneten viele Taxifahrer pro Kilometer ab. Je weniger Leerfahrten sie machten, desto besser war ihr Verdienst. Weite Fahrten waren deswegen bei ihnen unbeliebt.

Kollege Flötemann, allgemein bekannt als Schlaukopf, bekam als solch ein Kilometerfahrer eine Fahrt in den Schwarzwald. Er trat, wie er uns erzählte, die Rückfahrt ziemlich missmutig an, weil ihn nun jeder Kilometer gutes Geld kostete. An der Raststätte Durlach bei Karlsruhe hielt er an, um einen Kaffee zu trinken.

Als er dort einen leeren Autotransporter mit Kölner Kennzeichen entdeckte, kam ihm sogleich eine zündende Idee. Er behielt den Transporter im Auge und musste nicht lange auf dessen Fahrer warten. Auf Flötemanns Angebot, ihm 20 D-Mark zu geben, wenn er sein Taxi bis zur Raststätte Siegburg Huckepack mitnähme, willigte er gern ein. Ja, er sagte sogar: „Du brauchst mir kein Geld zu geben, ich freue mich, wenn ich Unterhaltung habe". Natürlich, rein versicherungs-rechtlich war es ein fragwürdiger Deal. Wir, die wir unseren Flötemann kannten, wussten: Diese Fahrt war gewiss sehr unterhaltsam. Der Transportfahrer kam gewiss auf seine Kosten. Und der Filou verdiente fast das Doppelte an seiner Schwarzwaldfahrt.

Frauenmuseum

Das Bonner Frauenmuseum war zwar weltweit das erste dieser Art, gehört aber nicht zu den bekanntesten Bonner Museen. Eine Dame, eine richtige Dame, stieg am Hauptbahnhof ins Taxi eines Kollegen: „Fahren Sie mich bitte ins Frauenmuseum".

Der Kollege fuhr sie in die Immenburgstraße, ins dort ansässige Bordell. Sie bezahlte und ging hinein. Aber wie harsch wurde die arme Dame dort empfangen. Als sie begriff, wo sie gelandet war, nahm sie – offensichtlich eiligst – Reißaus, fuhr vom nahen Taxistand zu unserer Zentrale, wo sie sich wortreich beschwerte.

Natürlich sprach sich diese Geschichte bei uns Taxifahrern schnell herum und wurde zum immer weiter ausgeschmückten Tagesgespräch. Wir lachten und hatten unsere Schadenfreude. Der arme Kollege war sich tatsächlich keiner Schuld bewusst, war sich nicht im Klaren, was er ganz treuherzig durch seinen Irrtum angerichtet hatte.

Schließlich fand diese Geschichte sogar Eingang in unsere Zeitschrift „Kanal Vier".

Erste Fahrt

Wer freut sich nicht, einen guten Zahnarzt zu haben? Ich zähle zu diesen Glücklichen und teile das Glück mit etlichen meiner alten Kollegen und das kam so: Es ist lange her, (es ist schon eine gute Weile her) da tauchte ein Aushilfsfahrer bei uns auf, den alle mochten, ein Student der Zahnmedizin, der sich für sein Studium ein wenig Geld dazu verdienen wollte.

Manche von uns Taxifahrern blieben mit ihm in Verbindung, auch als er sein Examen gemacht hatte und sich in Bonn als Zahnarzt niederließ. Wenn ich ihn aufsuche, tauschen wir uns gerne über alte Taxizeiten aus. So erfuhr ich auch etwas über seine allererste und abenteuerliche Fahrt.

Die Zentrale vermittelte ihm eine Kneipe in Oberkassel. Dort schleppten vier selbst nicht mehr ganz nüchternen Männer einen stockbetrunkenen Fünften an, bugsierten ihn ins Taxi und verschwanden wieder.

„Guten Abend, wo darf ich Sie denn hinfahren?" Der Betrunkene stöhnte nur lallend „Asbach!" Worauf mein Kollege höflich, aber bestimmt erwiderte: „Ich habe keinen Asbach, außerdem, haben Sie nicht schon genug getrunken? Also, wohin geht es?" Der Fahrgast stammelte nur wieder „A-a-Asbach". Daraufhin ging mein Kollege in die Kneipe und fragte die in fröhlicher Runde bechernden Zechkumpane nach der Adresse. Es bedurfte einiger Zeit bis er herausbekam, dass es sich bei besagtem „Asbach" nicht um den Alkohol gleichen Namens, sondern um einen Ort im Westerwald handelte. Aha! Rasch hatte er sich informiert, und war schon bald am Ziel. Schon als er in sein Taxi stieg, hatte er registriert, dass sein Fahrgast es sich darin bequem gemacht hatte und kräftig schnarchte. Wie nun den nicht nur schlaftrunkenen Mann, der keinerlei Anstalten machte sein Domizil zu verlassen, ohne Hilfe in sein Haus befördern? Und wie sollte er ihn abkassieren? Er klingelte. Die Tür flog auf. Eine ebenso stämmige wie resolute Frau erschien.

Ehe er sich versah, prügelte sie auf den Mann ein. Der derart nüchtern gewordene floh mit blutender Nase ins Haus.

Jeder Taxifahrer erinnert sich an seine allererste Fahrt.

Ich fuhr ziemlich nervös Richtung Stadt, schon unterwegs winkte mir einer auf der Endenicher Straße, ich fuhr ihn zur Berliner Freiheit, er bezahlte mit reichlichem Trinkgeld und stieg aus. Ich, Taxifahrerneuling, für den schon Beuel auf der anderen Rheinseite Ausland war, dachte bei mir: „Prima, leicht verdientes Geld".

Wer weiß, ob ich nach einer solchen ersten Fahrt, mir nicht doch einen leichteren Übergangsjob gesucht hätte?

Trudi Schmitz - Ein Nachruf

Die Spaziergänger auf dem Nordfriedhof mögen sich gewundert haben, als sie die „große" Beerdigung sahen, zumal unter den teilnehmenden Trauernden nicht wenig „buntes Volk", offensichtlich auch Leute aus der sogenannten Szene waren. Wer wurde da mit so großer Anteilnahme zu Grabe getragen?

Jahrzehnte hat sie in den verschiedensten Anstellungen in der Gastronomie gearbeitet, denn sie war überall einsetzbar, überall beliebt. Ja mehr noch, dieser kleinen, schmächtigen, ja kränklich aussehenden, doch selbstbewussten Frau gelang es, an jeder noch so unbedeutenden Stelle, sich allseits Respekt zu verschaffen. Vielen galt sie als Original. Zuletzt stockte sie ihre sehr bescheidene Rente als Toilettenfrau im „Gequetschten" auf. Welchen Job sie auch immer ausübte, immer tat sie es gern, mit Zuverlässigkeit und Eifer. Die Toiletten waren immer blitzsauber und auf einem Tischchen stand ein Schälchen mit Bonbons für ihre Kundschaft, mit der sie gern ein Schwätzchen hielt. Sehr oft kannte man sich ja. Jedermann nannte sie nur Trudi.

Auch ich kannte Trudi seit Jahrzehnten, habe sie unzählige Male heimgefahren. Kaum hatte sie neben mir Platz genommen, reichte sie mir stets ein Fünfmarkstück, das sich noch warm anfühlte, denn sie hatte es schon lange in der Hand gehalten. Fünf D-Mark, das war ihr feststehender Tarif, der von ihr ganz selbstverständlich auf 5 Euro für die kurze Fahrt erhöht wurde. Den sorgsam gefalteten Schein reichte sie mir schon vor Antritt der Fahrt.

Eines Tages - es war in der Weihnachtszeit - sah ich sie heftig weinend auf mein Taxi zukommen. Ich war erschrocken. „Was war geschehen?" Auf meine Frage hin drückte sie mir einen 20 D-Mark-Schein in die Hand und erzählte nach einer Weile noch unter Schluchzen folgende Geschichte: Da war heute ein ihr fremder Mann in ihren Keller gekommen, mit dem sie nur ein paar freundliche Worte gewechselt hatte. Und als er gegangen war, hatte er ihr einen 500 D-Mark Schein hinterlassen. Einen solchen Schein hatte sie noch nie in den Händen gehalten, war völlig überrascht, sprachlos, ja total überwältigt. Sie wollte ihre Freude teilen, so gab sie mir spontan 20 D-Mark für die Fahrt. Wenn die Spaziergänger Trudi gekannt hätten, hätte sich niemand über die so große Beerdigung gewundert. Auch wir Taxifahrer waren zahlreich vertreten, um ihr die letzte Ehre zu erweisen.

Kopfgeld

Außer dem allseits bekannten Trinkgeld gibt es für uns Taxifahrern noch das „Kopfgeld". Vermutlich dürften nur wenige wissen, was sich hinter dieser Bezeichnung, die fast ein wenig gruselig klingt, verbirgt. Nur Geduld, am Ende dieser kurzen Geschichte wird's verraten.

Einst wurde ich, schon bei fortgeschrittener Nacht, zu einer Kneipe gerufen, in der fünf fidele Herren von einer Security-Firma auf mich warteten. Das Quintett hatte sich offensichtlich in durchjubelter Nacht genügend Mut angetrunken und beschlossen, das Lokal zu wechseln. Ihren zweideutigen Reden entnahm ich schließlich, wohin es gehen sollte. Mir fiel spontan ein nicht sehr weit entferntes, bekanntes Etablissement ein.

Also, das Ziel war klar. Nun gab es noch ein zweites Problem zu lösen. Ich sagte: „Meine Herren, Sie sind zu fünft aber ich darf nur vier von Ihnen mitnehmen".

Da wandte sich der Rädelsführer der Gruppe an seinen Kumpel: „Du bist doch mit dem Fahrrad hier, da kannst Du ja hinterher radeln. Und so fuhr ich, immer meinen Hintermann im Auge, langsam zum besagten Etablissement. Als ich mit den Herren die Kurzstrecke abrechnete, stieß auch schon der sichtlich abgekämpfte Radler zu uns. Trotz des eher knausrigen Trinkgelds, hatte diese Fahrt sich für mich kaum gelohnt. Das lässt sich ändern, dachte ich, stieg aus und sagte zu den Vieren, die immer noch unschlüssig vor der Tür standen: „Ich komme mit. Wenn es Ihnen nicht zusagt, fahre ich Sie weiter". Die Herren folgten mir brav und blieben. Wenig überraschend bei dem ausnehmend begeisterten Empfangskomitee.

Ich aber holte mir diskret mein „Kopfgeld" ab, das hier pro Kopf damals 40 Euro betrug.

Ja, das waren Zeiten! Mittlerweile sind die „Tarife" leider in den Keller gegangen.

Merke: Bei dem von uns Taxifahrer-Insidern „Kopfgeld" genannten Deal erhält derjenige eine kleine oder größere Summe, wenn er gewissen Etablissements zahlungskräftige Kunden „zufährt".

Corona

Die Pandemie hat auch uns Taxifahrer hart getroffen. Den ersten Lockdown habe ich verschmerzen können, weil ich in dieser Zeit meinen Urlaub nahm. Die ersten Tage des zweiten kommen mir jedoch in der Rückschau fast unwirklich vor.

Von heute auf morgen war alles verändert. So hatte ich meine Stadt noch nie erlebt. So düster, so menschenleer, so trist und öde. Mehr nächtlich streunende Katzen, mehr Ratten als je zuvor.

Es wurde stetig schlimmer, man stand hier und wartete, stand dort und wartete. Die wenigen Taxen, die überhaupt noch unterwegs waren, zeigten mir an, dass viele meiner Kollegen resigniert hatten. Aber ich wollte nicht klein beigeben, ich nicht. Auch das Geschäft lief immer schlechter. Ganz übel wurde es, als auch noch Ausgangssperre verhängt wurde. Corona-Pandemie mit Ausgangssperre. Wieder einmal hatte ich Stunden an einem sonst lohnenden Taxistand vergeblich auf Kundschaft gewartet. Da sah ich ein junges Mädchen, das sich dem Stand näherte, sah, wie sie die vor mir stehenden Taxen samt Kollegen musterte. Schließlich war sie bei mir, dem Vierten in der Reihe, angelangt. Auch ich wurde einer flüchtigen Musterung unterzogen. Dann öffnete sie die Wagentür und nahm zu meiner Freude neben mir Platz.

Endlich ein Fahrgast und dazu noch ein hübsches Mädchen. Im Nu waren alle trüben Gedanken, aller Missmut verflogen. Ich fühlte mich auserwählt. Wir waren schon ein Stückchen weit gefahren, da konnte ich mir nicht verkneifen, sie zu fragen: „Sagen Sie, warum sind Sie eigentlich bei mir eingestiegen und nicht bei meinen Kollegen?" Und was bekam ich da zu hören? „Ach, das waren alles so junge Männer, da bekam ich ein mulmiges Gefühl. Sie als Älterer machten mir einen gediegeneren Eindruck. "Peng, das hatte gesessen!

Als ich wenig später wieder auf einem Halteplatz, wieder vergeblich auf Kundschaft wartend, über das Erlebte nachdachte, wurde mir knallhart bewusst, wie lange ich nun schon Taxi fahre.

Mehr als ein halbes Jahrhundert!

Tags darauf, meine achtstündige Arbeit hatte mir ganze 28 Euro eingebracht, beschloss ich, mein Taxi bis auf Weiteres stehen zu lassen. Wer konnte denn sagen, wie lange dieser trostlose Zustand dauern würde? Nur, auch zu Hause fiel mir die Decke nach wenigen Tagen auf den Kopf. Was dagegen tun? Ich zerbrach mir den Kopf, ließ mir vieles durch den Kopf gehen. Endlich kam mir der rettende Gedanke. „Schreib' sie doch mal auf", hatte ich immer wieder gehört, wenn ich meine Taxigeschichten erzählte. Jetzt hatte ich Zeit, Muße und Lust dazu und griff zum Stift.

Und Sie, liebe Leserin, lieber Leser, halten nun das Ergebnis meiner Bemühung in der Hand.

Zeitfracht Medien GmbH
Ferdinand-Jühlke-Straße 7
99095 Erfurt, Deutschland
produktsicherheit@kolibri360.de